ইম্মানুয়েল

তমোঘ্ন ঘোষ

Connect with Athor

Email- itisghosh@gmail.com

Instagram- @shree.tamoghna.ghosh

X.com- @MrTamoghnaGhosh

প্রথম প্রকাশ: জানুয়ারি ২০২৫

ডিটিপি, প্রচ্ছদ, ডিজাইন: শাওন ক্রিয়েশনস

masudshaon00@hotmail.com

প্রচ্ছদের মূল ছবি: লিওনার্দো ভিঞ্চি

উৎসর্গ

শ্যামা চরণে,

যে শ্যামা শ্যাম হয়ে মা যশোদার কোলে উঠেছিলেন;

আবার

সিমন পিতরের গুরু হয়ে নসরতেও লীলা করেছিলেন।

אין סוף

অনাদি অনন্ত

দুটি ভিন্ন কালখণ্ডে,

প্রজ্ঞাপারমিতার কোলে ভগবান বুদ্ধ।

সপিরোত

যন্ত্রে ধরিত্রী হয়ে

একটি সুসমাচার,

তিনি আমাদের সঙ্গেই আছেন।

עץ החיים

জীবন বৃক্ষে প্রানের সঞ্চালন করলেন (এবং)

সূচীপত্র

צמצום

সঙ্কুচিত হতে হতে

ইম্মানুয়েল

שכינה

করুণায় সর্বগ্রাসী হলেন

বুধবার সকাল

বসন্তের এই সকাল; একটু বেশি ঠান্ডা লাগছে না? — জলপাই গাছে হেলান দিয়ে ভিনদেশী বলে উঠলেন।

আজ জেরুজালেমের এক সাধারন বুধবার— পাথরের উপর বসে ভিনদেশীর দিকে পিছন ফেরা যিশু উত্তর দিলেন।

ভিনদেশী বললেন—

আগামী পরশু; আগামী কয়েক হাজার বছরের সবথেকে শীতলতম দিন হতে চলেছে।

জানো!

যিশু উত্তরে বললেন—

জুডাস আমায় বড় ভালোবেসেছে,
তুমি তো জানো!
আমি ভালোবাসায় বড় দুর্বল।

যিশুর উত্তরে ভিনদেশী মৃদু হাসলেন।
কিছুক্ষণ সবকিছু বড় নিস্তব্ধ থাকল তারপর, ভিনদেশী আবার হেসে উঠলেন,

আগের বারের থেকে একটু বেশি।

তারপর, যিশুর উদ্দেশ্যে তিনি বললেন, "এই দুর্বলতা তোমায় দাউদের সন্তান বানাবে আর বানাবে আব্রাহামের সন্তান।"

ভিনদেশীর এ—কথায় সদাশিব স্বভাব যিশুর মুখে কয়েক মুহূর্তের জন্য চিন্তার ছাপ দেখা গেল,

তারপর তিনি পিছন ফিরলেন।

সেই ভিনদেশী বলতে থাকলেন, "যতবার এই ভালোবাসার মহত্ব চামড়ার জিভ বলবে, আর চামড়ার কান শুনবে, তুমি জেনে রাখো— ততবার তুমি হারিয়ে যাবে।

সেই শাশ্বত বাণী যা তোমার অস্তিত্বে এখনও পর্যন্ত প্রকাশ পাচ্ছে তা হারতে বাধ্য হবে।

কারণ, চামড়ার জিভ সত্যকে এঁটো করে ফেলে।"

তবে তুমি কি বলতে চাইছ, ভালবাসা ভুল!

এই নিষ্ঠুর মরুভূমিতে আমি যে ফুলের চারা বাঁচাতে নিজের পাঁজরের রক্ত উৎসর্গ করতে চাইছি!

—তা আমার ভুল?

স্বভাবজাত শান্ত ক্ষিপ্রতায় ভিনদেশীর দিকে প্রশ্ন ছুড়লেন যিশু।

শান্ত মুখে স্মিত হেসে ভিনদেশী বললেন,

কেন বুঝতে চাইছ না,

তুমি যে ফুলের চারা লাগাচ্ছ নিঃসন্দেহে, নিশ্চিতভাবে তা মরুভূমিতেই লাগাচ্ছ।

কিন্তু, তুমি কি অস্বীকার করতে পারবে— এই মরুভূমিতে ভেড়ার সাজে অনেক নিরামিষাশী নেকড়ে ঘোরে না?"

এবার কী একটা মনে করে যিশুও স্মিত হাসলেন। বললেন—

ঠিকই বলেছ বন্ধু!

ভেড়ার দেহে এক পাল নিরামিষাশী নেকড়ে নিয়েই আমার সংসার।

কিন্তু,

আমাকে যে বয়ে যেতেই হবে।

তুমি জান, কখনও নৌকা হতে হয়;

আবার কখনও নদী হয়েও বয়ে যেতে হয়।

যতক্ষণ আমার দায়িত্ব ছিল বয়ে আনা— আমি বয়ে এনেছি;

এখন সময় হয়েছে বয়ে যাওয়ার; আমি বয়ে যাব।

তুমি জান যিশু,
মানুষ বড় কারবারি জীব,
সে যতক্ষণ বাঁচে সওদা করতে পছন্দ করে।
—পায়চারি করতে করতে সেই ভিনদেশী বললেন।

যিশু এতক্ষণ পাথরের উপর বসে তার এই ভিনদেশী বন্ধুর সঙ্গে কথা বলতে বলতে সকালের সূর্যাদয়ের অগ্রিম মুহূর্তে আপন অস্তিত্বে সমগ্র ভূলোককে প্রার্থনাময় করে তুলছিলেন।

এতক্ষণে, তিনি উঠে দাঁড়ালেন।

"এই সওদাগর শ্রেণির সব থেকে পছন্দের পণ্য সত্য আর ভালোবাসা, যা তারা লোভের দাঁড়িপাল্লায় তুলে বেচাকেনা করে; এই লেনদেনে তারা ঈশ্বরকেই সাক্ষী রাখে আর"

"সেই লেনদেনের নাম দেয় ভক্তি।"

—প্রথম অংশটি বললেন যিশু এবং পরবর্তী অংশ বললেন তাঁর ভিনদেশী বন্ধু।

এবার ধীরে ধীরে জেরুজালেম নগরী জেগে উঠতে শুরু করল, কয়েক দল শাস্ত্রীয় নিয়ম নিষ্ঠা পরায়ন বৃদ্ধ মানুষকে দেখা গেল প্রার্থনার শৃঙ্খলায় শৃঙ্খলিত হয়ে, মাথা নত করতে— মাথা উঁচিয়ে যেতে।

করুণাপূর্ণ দৃষ্টিতে যিশু তাদের দিকে তাকিয়ে ছিলেন। যিশুর ভিনদেশী বন্ধু যীশুর কাঁধে হাত রেখে বললেন—

ইম্মানুয়েল! এদের চোখ বন্ধ—হৃদয় রুদ্ধ।
যার হৃদয় কোমল হয় তারই মাথা ঝোঁকাতে জানে;
এরা জীবন্ত লাশ। এরা কাষ্ঠকায়।

যারা সত্য জেনেছে তারা নিজেকে মিটিয়েছে, কিন্তু সত্য জানার মিথ্যা অভিমানে যারা হৃদয় ভরেছে তারাই কাষ্ঠকায়তার অভিশাপ নিজেই নিজেকে দিয়েছে।

অভিশাপ যখন স্বয়ংক্রিয় তখন কোন কর্তব্য জালে তুমি আমায় ধরার চেষ্টা করছ? — বন্ধুকে প্রশ্ন করলেন যিশু।

অপাত্রে দান থেকে তোমায় বাঁচাতে চাইছি বন্ধু— যিশুর উদ্দেশ্যে যিশুর বন্ধু বললেন। তিনি বলে চললেন—

আমি জানি তুমি সেই ফল যে ঝরে যাওয়ার জন্য পেকে প্রস্তুত;
কিন্তু,
আমার ভয় অন্য।

কিঞ্চিত প্রশ্নবিদ্ধ চোখে যিশু তাকালেন তার বন্ধুর দিকে,
এবং বললেন, 'কোথায়!'

তোমার ঝড়ে পড়ার আকুলতায়!

আমি জানি ঐশ্বরিক রক্তক্ষরণের অনিবার্যতায়; তুমি জুডাসের ভালোবাসা বুকে টেনে নিচ্ছ।

কিন্তু!

যাদের কর্তব্যবোধ এখনও জন্মায়নি তাদেরকে তুমি পাপবোধের শিক্ষা কীভাবে দেবে?

যখনই তুমি এদের একা ছাড়বে,
এরা তোমায় সিংহাসন অর্পণ করবে।
সেই সিংহাসনে এরা তোমায় তুলে, নিজেরা নৈবেদ্যের ভাগে বসবে!
হে বিপ্লবী বন্ধু — আমি বিপ্লবের মৃত্যু ভয়ে সন্ত্রস্ত।

যিশু আকাশের দিকে তাকালেন, দীর্ঘশ্বাসের সঙ্গে একটা আওয়াজ তার মুখ থেকে বেরোল।

আকাশের দিকে চোখ দিয়ে— দুটি হাত মাজার পেছনদিকে রেখে, তিনি অবলীলায় বললেন—

আমাকে কেন্দ্র করে ঘটা বিপ্লব আমি নিজেই থামিয়ে দেব।

এবার যিশুর ভিনদেশী বন্ধুর আবেদন একইসঙ্গে ক্ষিপ্র ও আবেগঘন হয়ে উঠল। তিনি বলে উঠলেন—

সেই অর্ধ জাগ্রত চাষি,

যে আর একটু শব্দে জাগতে পারত;

সেই সদ্য জাগ্রত গৃহবধূ,

যাকে ঘুম পাড়াতে তার স্বামী সন্তান ও আত্মীয়েরা উদ্যোগী;

সেই অনাগত গর্ভজাত যে আগামী শনিবার জন্মাবে — তাদের জন্য আরেকটু কোলাহল প্রয়োজন।

বিশ্বাস কর! তোমার চিৎকারে মরণশীল অমৃতের স্বাদ পেয়েছে। এখনই তোমার করুণা থেকে এদের বঞ্চিত ক'রো না।

এবার যিশু বললেন,

আমি জানি,

তুমি আমায় গতকাল রাতেই বলেছ!

এই দেহের অন্তিম নিঃশ্বাসের পর শুরু হবে রাজনীতি।

আমি মন্দির থেকে যে বাজার ছুড়ে ফেলেছি এরা সেই বাজার আমার দেহে বসাবে।

যে মুদ্রা আমি তাদের কোষ থেকে সহস্তে মেঝেতে ছড়িয়ে দিয়েছি — আমার হাড় সেই কোষাগরেরই মুদ্রা হবে।

তুমি জান যিশু!

যখন আমি শুনেছিলাম মন্দিরের বারান্দায় গজিয়ে ওঠা বাজারে আমার বন্ধু বিদ্রোহ ঘোষণা করেছে;

তখন একই সাথে আনন্দ আর ভয়— দুটি অনুভবে আমার হৃদয় ব্যাকুল হয়ে উঠেছিল।

বললেন ভিনদেশী।

বন্ধুর উদ্দেশ্যে যিশু কিছুটা মজা করার সুরে বললেন,
ঘটনা তো বুঝলাম, কিন্তু আমার কোন আচরণ,
আমার এই শান্ত মেজাজি বন্ধুর মনে একই সঙ্গে আনন্দ আর ভয়ে অনুভূতি একসঙ্গে জন্ম দিল?

মৃদু গতিতে পায়চারি করতে করতে যিশুর ভিনদেশী বন্ধু বললেন,
যখন তুমি ওই বাজারে গিয়ে তাণ্ডব করেছিলে,
শুনে আমার বেশ আনন্দ হয়েছিল।
আমি অনুভব করছিলাম—
যেন আমার বন্ধু এক বিপ্লবের ঝড় আনতে চলেছে।
কিন্তু ভয় হল, যখন তারা বিশেষ প্রতিবাদ করল না।

তাদের নীরবতায় তোমার ব্যথার কারণ আমি বুঝলাম না বন্ধু — বললেন যিশু।

ভিনদেশী বন্ধু বললেন,
তুমি যেখানে নিস্তব্ধতা দেখলে আমি সেখানে নিস্তব্ধতা দেখিনি।
যখন আমি তোমার সমস্ত কাজের কথা শুনতাম তখন থেকেই আমি তোমার পরবর্তী ভবিষ্যৎকে দুটি সম্ভবনায় ভাগ করেছি।
আর আমায় বিশ্বাস কর,
এই দুয়ের মধ্যে কোনও একটা হতে চলেছে,
একদিকে আছে তোমার বিপ্লবময় ভালোবাসার আদর্শ ছড়িয়ে পড়ার সম্ভবনা,
যে সম্ভবনা প্রতি পাষাণে ফুল ফোটানোর ক্ষমতা রাখে,
অপরদিকে আছে

পুঁজি, রাষ্ট্র এবং সংঘের সম্মিলিত এক শাসন ব্যবস্থা,

যে ব্যবস্থা তোমাকে সামনে রেখে সনাতন শোষণ পরম্পরাকে আরও হৃষ্টপুষ্ট করতে চলেছে।

ভুলো না যিশু,

—মানুষ হিংস্র;

তুমি যখন তোমার পিতার ঘর থেকে মহাজনদের তাড়িয়েছিলে আর ইহুদি পুরোহিতের সঙ্গে গণ্ডগোল বাঁধিয়েছিলে তখন নিজের অজান্তেই তুমি ভবিষ্যতের হাজার হাজার মহাজনদের হাতে দালালি কারবার তুলে দিয়েছ।

মনে পড়ে সেই সময় তুমি পুরোহিতদের কী বলেছিলে?

তুমি বলেছিলে,

তোমরা এই মন্দির ভেঙে ফেল, আমি তিন দিনের মধ্যে তা আবার দাঁড় করিয়ে দেব — মনে পড়ে সে কথা?

এই ভিনদেশী বন্ধুর কথায় যিশু কেমন আবেশগ্রস্থ হয়ে ছিলেন; এখন হঠাৎ যেন তার হুঁশ ফিরল।

তিনি বললেন,

আমার স্পষ্ট মনে আছে সে কথা। আমি বলেছিলাম: কিন্তু হঠাৎ তুমি সে কথা কেন বলছ?

সত্যিই যেমন তোমার কথা তুমিও তেমন, তুমি বড়ই সরল যিশু।

যিশুর বন্ধু বললেন,

এবং সঙ্গে তিনি আরও বললেন,

আপন স্বার্থে নির্লোভী মানুষও তিলকে তাল করে, আর স্বার্থসন্ধানী মানুষ তিল থেকে তাল বাগান তৈরি করে।

তুমি কি ভাবছ!

আগামীতে মানুষ তোমাকে তোমার ভালোবাসার কথায় মনে রাখবে!

এমন কখনোই হবে না,

মানুষ ভালবাসতে জানে না যিশু।

মানুষ স্বার্থপায়ী জীব,

তোমার অন্তিম নিঃশ্বাস ত্যাগের সঙ্গে সঙ্গেই শুরু হবে নানা ধরনের গল্পকথা, তোমাকে বড় বানানোর জন্য।

প্রথম দিকে যদিও সরল মনে কেউ কেউ এ সকল গল্পকথা ছড়াতে শুরু করবে তোমার প্রতি মমতাবোধের কারণে। কিন্তু খুব শীগ্রই তাদের মন বিষাক্ত হবে।

তখন তারা তোমায় বড় করবে কেননা তারা নিজেরা বড় হতে চায়,

রাজনীতির সমীকরণে তুমি বড়ই কাঁচা,

যখনই কেউ তোমার মতো বিপ্লবীদের মারে

তখনই তারা সেই মৃত বিপ্লবীর চিহ্ন আপন বুকে খোদাই করে সুবিধা লোটে।

তুমি এত জটিল কেন? —বন্ধুর উদ্দেশ্যে কিছুটা হতাশা নিয়েই প্রশ্নটি করলেন যিশু।

পৃথিবী সরল নয় বন্ধু,

বিপ্লব দমাতে সর্বোচ্চ উপযোগী ব্যবস্থা বিপ্লবীর স্মৃতিসৌধ আর সেই সৌধে খোদাই করা মহত্ত্বের বিজ্ঞাপন, যাতে বিপ্লবীকে সামনে রেখে বিপ্লব লুকানো যায়।

তোমার পরবর্তী সময়ে— এরা তোমাকে বাঁচাতে গল্প বানাবে;

সেই গল্প সমাজকে বাঁধবে তারপর সমাজ আবার নতুন গল্প বানাবে।

সেই গল্পের কেন্দ্রে তুমি থাকবে ঠিকই;

তবে!

শুধুমাত্র প্রধান চরিত্রের নাম হয়ে;

আসলে, তুমি থাকবে না।

কেন নির্বোধের মতো আচরণ করছ বন্ধু!— যিশু বললেন।

তিনি আরও বললেন—

কিছুক্ষণ আগে— তুমি আমায় সেই অর্ধ জাগ্রত চাষির কথা বলছিলে,
যার আরেকটু শব্দের প্রয়োজন—
সেই গৃহবধুর কথা বলছিলে যে সদ্য জেগে উঠেছে—
আর সেই অনাগত শিশু, যে আগামী শনিবার জন্মাবে।
তাদের কাছে বাঁচতে— তাদের জন্য বাঁচতে; আমায় উৎসর্গিত হতে হবে।
আমি কাগুজে কথা বলছি না বন্ধু;
যদি ধরতে হয় তাহলে সময় বিশেষে ছাড়তেও হয়।
আমি মানছি তোমার কথার যৌক্তিকতা;
আমি মানছি জোহনের সোজা পথের আগ্রহ আমি রাখতে পারব না।
আমার পরে রাস্তা বেঁকে যাবে;
কিন্তু আমি পথ হতে চাই না।
পথ হলেই সমস্যা— আমি ভালোবাসার ধ্রুবতারা হতে চাই।
আর ভালোবাসার ধ্রুবতারা হতে আমায় বলি হতে হবে।

তোমার পার্ষদদের ব্যক্তিত্ব দুর্বল! —যিশুর বন্ধু একটু উচ্চস্বরেই যিশুকে কথাটি বললেন।

এতক্ষণ দাঁড়িয়ে থাকা যিশু আবারও সেই পাথরটিতে বসলেন যেখানে তিনি প্রথমে বসেছিলেন, তিনি বললেন—

ওদের হৃদয় সরল!
আমি ব্যক্তিত্ববানদের পথ দেখাতে আসিনি,
এসেছি ভগ্নহৃদয় যন্ত্রণার মর্ম হয়ে।
আমি দার্শনিক হয়ে আসিনি,
এসেছি চোখের জল নিজের রক্তে দিয়ে ধোয়াতে আর মাংস দিয়ে মোছাতে।

আমি ব্যক্তিত্বের ভিত্তি— ভালোবাসায় নাড়াতে এসেছি;

আমি বিপ্লবী,

গোলগাথার ওই পাহাড়ে আমার দেহই আমার বিপ্লবের পতাকা হবে।

আমার উপর আস্থা রাখ বন্ধু! যখন আমি এই পতাকা টাঙাব, স্বর্গের বাতাসে সেই পতাকা দুলবে।

যে স্বর্গের ঘোষণা আমি করেছি—

সেদিন সেই স্বর্গদ্বার উন্মুক্ত হবে।

ওই দণ্ডকাঠিতে শোষকেরা ঝুলিয়ে দেবে এক বিদ্রোহীর দেহ;

তবে সেই রক্ত—মাংসের দেহ সেখানে পিতা—পুত্র সম্পর্কের সাক্ষ্য দেবে।

"সামাজিক বাঁধন সেই পতাকার ওড়া বন্ধ করবে,

সমাজের উইপোকারা পতাকাদণ্ড কুরে কুরে খেয়ে নেবে।

মানুষ ধ্রুবতারা ভালবাসে না যিশু;

সে পথ চায়!

সে চায় গন্তব্য নামক সান্ত্বনা।

তুমি যখন গোলগাথার ওই পাহাড়ে উঠবে, তুমি পথ হবে, কেউ তোমায় ধ্রুবতারা বলে ভাববে না—

আর তোমায় জানার সুযোগ! সে তো তুমি নিজেই সবার থেকে কেড়ে নেবে!

অচিরেই তোমার মৃত দেহকে কেন্দ্র করে গড়ে উঠবে উদ্ভ্রান্তদের মহামিছিল! আর তুমি—

হ্যাঁ তুমি— নাসরাতের যিশু; তুমিই দায়ী হবে সেই উদ্ভ্রান্ত মহামিছিলের কারিগর হিসাবে।"

তোমার দেশে আব্রাহামের গল্পের প্রচলন নেই, তাই তুমি আমার কথা বুঝতে পারবে না।

আমি তোমায় চিনি!

তোমার কথার জাল বুনে তুমি যে আমায় ধরে নিয়ে যেতে এসেছ, তা আমি বুঝতে পারছি।

তোমার কথা সম্পূর্ণ ঠিক না হলেও আমি ভুল বলতে পারছি না;

ঈশ্বর বলেছিলেন, আব্রাহামকে নিজের পুত্র ইসহাককে তাঁর নামে উৎসর্গ করতে। যদি এখন, ঈশ্বর নিজের পুত্রকে উৎসর্গ না করেন; তাহলে এই অন্ধদের চোখ খুলবে না।

এদের হৃদয়ের রুদ্ধ দ্বার খুলতে, ইহুদি রাজাকে আপন রক্তে স্নান করতে হবে।

বন্ধু;

তুমি আরও অনেক অনেক কথার জাল বুনতে পার, তবে শুক্রবারের রাজ্যাভিষেকে আমায় থাকতেই হবে।

আগামীর শত শত রুদ্ধ কানে স্বর্গের বাণী শোনাতে;

আগামীর লক্ষ লক্ষ বদ্ধ হৃদয়ে স্বর্গীয় করুণার স্পন্দন জাগাতে;

আগামীর অনাগত কোটি কোটি অন্ধকে স্বর্গের পথ নির্দেশনা করতে—

আমায় কমতে হবে।

জান বন্ধু!

জোহানও না এই কথাই বলেছিল;

আমি শুনেছি— ও বলেছিল,

তাকে বাড়াতে — আমায় কমতে হবে;

এখন তোমার সঙ্গে কথা বলতে বলতে— আমারও সেই একই কথা বলতে ইচ্ছা হচ্ছে।

শেষের কথাগুলো বলতে বলতে যিশু মাথা ঝুকিয়ে ফেললেন,

স্পষ্ট বোঝা যাচ্ছে তিনি কাঁদছেন।

এই কান্না জোহানের জন্য।

তবে এই কান্নার কারণ জোহানের মৃত্যু নয়, বরং ঐশ্বরিক কৃতজ্ঞতায় পরম পিতার উদ্দেশ্যে এ যেন তাঁর অঞ্জলি;

ঠিক যেমন ঈশ্বরের ফুল মানুষ হাতে নিয়ে ঈশ্বরের উদ্দেশ্যেই অঞ্জলি দেয়, এই ঘটনাও ঠিক তেমনই;

এই ভীষণ মুহূর্তে, যিশুর চোখে কোনও আমিত্ব নেই।

তাই এই মুহূর্তে যিশুর চোখের জল যেন ঈশ্বরের চোখের জল;

এ কান্না পুত্রের নয় — বরং পিতার।

পিতা যেন নিজের ভালোবাসা বোঝাতে পুত্রের অশ্রু হলেন।

পিতা নিজেই এখন পুত্র হলেন— আর পুত্রের নির্বিকল্পতায়, পুত্র হলেন পিতা।

যিশুর ভিনদেশী বন্ধুও কিছুক্ষণের জন্য আবেশগ্রস্থ হয়ে পড়লেন, এতক্ষণে যিশুর চোখের আড়ালে তাঁর ভিনদেশী বন্ধুও নিজের চোখ মুছলেন।

আমি জানি যিশু!

মাংসের অধীনতা থেকে আত্মার পথে — যে স্বাধীনতা সংগ্রামের পথ তুমি সমগ্র বিশ্ববাসীকে দেখাতে চলেছ তা সত্যিই বিরল;

ব্যবস্থার আগে পাপ গণ্য হয় না;

আর ব্যবস্থা স্থাপনার্থে মাংসের অধীনস্থদের উদ্দেশ্যে আত্মাময় সংবিধান কার্যকর করতে; রাজাকে রাজ্যভিষেকে থাকতেই হয়।

কিন্তু যুবরাজ! এটা পাগলামো—

কোন জ্ঞান বুদ্ধি সম্পন্ন বিবেচক মানুষ সহজেই বুঝতে পারবে তুমি যা করতে চাইছো তা পাগলামো। —বললেন যিশুর ভিনদেশী বন্ধু।

যিশু যেমন বসে ছিলেন, তেমন শান্ত বসে থেকেই ধীরে ধীরে এক শাস্ত্রীয় বচন আবৃত্তি করলেন—

"আমি জ্ঞানবানের জ্ঞান নষ্ট করব আর বিবেচক লোকেদের বিবেচনা ব্যর্থ করব।"

কর্তব্য ও পাপ

কিছুক্ষণ সব কিছু নীরব থাকার পর,
যিশু বললেন—
জানি বন্ধু,
বহু সংশয়ে এখনও তোমার হৃদয় দগ্ধ হচ্ছে;
তোমার সব সন্দেহ একে একে বল।
দেখি যদি কিছু সন্দেহ দূর করতে পারি!

সূর্যের আলো না ফুটলেও বেশ স্পষ্ট হয়েছে চারপাশ, পাখিরা যারা গান গাইছিল, তারা এখন আরও মন দিয়ে গান গাইছে,

হয়তো এই গান আসলে ইহুদি রাজার উদ্দেশ্যে তাদের সম্ভব্য অন্তিম প্রার্থনাময় আর্তনাদ।

ইহুদি রাজা তবুও স্তব্ধ;

আগামীর ইতিহাসে জন্ম নেওয়ার প্রত্যেকটি মানুষকে আপন মৃত্যুর দায়ে দায়ী করার এ কী নিষ্ঠুর ষড়যন্ত্র! — যিশুর উদ্দেশ্যে কিছুটা কাঁপা কাঁপা গলায় তাঁর বন্ধু বলে উঠলেন।

"এ তোমার প্রলাপ", বললেন যিশু।

"এ আমার প্রলাপ নয় বরং ঈশ্বর পুত্রের মানবিক কূটনীতি।" যেন চোয়াল কিছুটা শক্ত করে ঠাণ্ডা গলায় যিশুর বন্ধু এ কথা বললেন।

তুমি কোথায় কূটনীতি খুঁজে পাচ্ছ!
জানি, আমি জানি, তুমি কথার জাল বুনতে পার,
তবে, কোন অপরাধের দায়ে তুমি আজ আমায় কূটনীতির কলঙ্কে কলঙ্কিত করছ!
আমার কোন আচরণে তুমি কূটনীতি পেলে!

তোমাকে বলতেই হবে।

— বন্ধুর কথায় কিছুটা অবাক হয়েই মা মেরির একান্ত সন্তান তাঁর ভিনদেশী বন্ধুকে এমনভাবে সম্ভাষণ করলেন।

যদি বলি,

তুমি ভক্ত সংঘ তৈরি করতে এতটা মরিয়া হয়ে উঠেছ যে নিজের রক্তের ঋণে ভবিষ্যতের অনাগত নরনারীকে ঋণের যন্ত্রণায় জর্জরিত করতে, এ তোমার ঠাণ্ডা মাথার ষড়যন্ত্র।

—যিশুর বন্ধু যিশুকে বললেন।

বন্ধুর হঠাৎ এমন কথায় যিশু যেন কয়েক মুহূর্তের জন্য আকাশ থেকে পড়লেন; তার চোখের সামনে তার নিজের জীবন কয়েক মুহুর্তের জন্য ফুটে উঠল।

হঠাৎ, কোন এক না জানা কারণে যিশুর অন্তঃকরণে জোহানের কাছ থেকে দীক্ষা স্নানের স্মৃতি ভেসে এল।

যিশুও জানেন না কেন এমনটি হলো; কিন্তু এমন হল।

কয়েক মুহূর্তের জন্য আবেশগ্রস্থ যিশুর মনে ছোটবেলার এক ঘটনা উঁকি দিল; একবার, পূর্বের দেশ থেকে একদল বণিক এ'দেশে এসেছিল। যিশুর তখন বয়স আট কিংবা দশ। পূর্বদেশের সেই বনিকগুলি বড় আজব। তাদের ভাষাও শিশু যিশুর কাছে দুর্বোধ্য ছিল।

কিন্তু, যখন তাঁরা জোসেফের দোকানে তাদের বাক্স মেরামত করাতে করাতে নিজেরা নিজেদের মধ্যে আলোচনা করছিলেন তখন সেখানে এক জনৈক রব্বি উপস্থিত হন।

এই রব্বির সাথে হয়তো তাঁদের পূর্ব পরিচয় ছিল।

এমন অবস্থায় বালক যিশু এক আজব ঘটনার সাক্ষী হন। সেই সময় তাদের কথোপকথন সম্পূর্ণভাবে মনে না থাকলেও কয়েকটি কথা যিশুর এখনও মনে আছে। তাদের কথোপকথন শুনে যিশু যা বুঝেছিলেন তার মর্মার্থ এই যে—

তারা ঈশ্বর মানেন না, কিন্তু ভক্তি করেন।

তাদের কোন প্রীতম বা প্রিয়া নেই, তবুও তাদের প্রেম আছে।

তাদের ভয় নেই, কিন্তু সংযম আছে।

তাদের গন্তব্য নেই, কিন্তু পথ আছে,

আর, আছেন- সেই গন্তব্যহীন পথের, পথপ্রদর্শক গুরু।

আজকের এই তিরিশ—বত্রিশ বছরের জীবনে হঠাৎ যেন প্রথমবারের জন্য পূর্বদেশের ওই বণিকদের কথার সার যিশুর চোখে ফুটে উঠল। হঠাৎ, কী এমন হল যে জোহানের টুকরো টুকরো স্মৃতি আর কথা যিশুকে অন্তর থেকে আরও আন্তরিক করে দিচ্ছে! যিশু তা জানেন না, যিশু তা জানার প্রয়োজনীয়তা বোধও করেন না।

বেশ কিছুক্ষণ সবকিছু চুপচাপ থাকবার কারণে, এতক্ষণ যিশুর দিকে পিছন ফিরে দাঁড়িয়ে থাকা তাঁর বন্ধু, যিশুর দিকে তাকালেন। তিনি দেখলেন, যিশুর দুচোখ দিয়ে জল গড়িয়ে পড়ছে।

যিশুর দুই চোখে এখন জলের ধারা বইছে, তবে এই জলের ধারায় যেন অকারণ ভক্তি প্রতিফলিত হচ্ছে, প্রীতম আর প্রিয়া ছাড়া প্রেম যেন তার দুই চোয়াল বেয়ে ঝরে ঝরে পড়ে সমস্ত অস্তিত্ব এবং অনস্তিত্বকে একই সঙ্গে দীক্ষা স্নান করাচ্ছে। যিশু যেন নিজের চোখের জলে সমগ্র ব্রহ্মাণ্ডকে ব্যাপতিস্ম দিলেন।

এখন তিনি স্বয়ং ভক্তি হলেন।

যিশুর ভিনদেশী বন্ধু আবারও অন্যদিকে তাকিয়ে বললেন, কর্তব্য এবং পাপ, এদেরকে একেঅপরের পরিপূরক বানিও না।

মানুষকে কর্তব্য ভার বোঝাতে, তার হৃদয়কে পাপ বোধে পরিপূর্ণ হতে দিও না।

যে মানুষ বা যে সমাজ পাপকে আত্মস্থ করে কর্তব্য প্রতিপাদনে অগ্রসর হবে সেই মানুষ বা সেই সমাজ বাধ্যতামূলকভাবে আরও পাপী হবে।

আর নিষিদ্ধের প্রতি মানুষের আকাঙ্ক্ষা, সে তো তোমার পিতা ভালোভাবেই জানেন!

ভুলো না ঈশ্বর পুত্র; আদমের স্রষ্টা স্বয়ং তোমারই পিতা।

তুমি বুঝতে ভুল করছ বন্ধু, বললেন যিশু। তিনি আরও বললেন, মানুষের হৃদয়কে পাপের ভারে পরিপূর্ণ করতে আমার ইচ্ছা নেই। স্বাধীনকে স্বাধীন রাখতে যতটা আমার পিতা পছন্দ করেন, তার থেকেও আমি অধিক স্বাধীনতার বুলি বলি।

আমি চাই না, যে কোন শেকল আগামীর লক্ষ কোটি নর নারীকে আমার হত্যার দায় দায়ী করে বাঁধুক।

আমি চাই আমার রক্তের প্রতিটি বিন্দু ভালোবাসার বীজ হোক, আর বিন্দু বিন্দু আকারে বীজ হয়ে ঝড়ে ঝড়ে পড়ুক।

আমি চাই না যে মানুষ আমায় হত্যার দায়ে কর্তব্যের পর্দায় নিজেদের মুড়ে নিক, আমি চাই শুধু পতাকাদণ্ড হতে আর স্বর্গীয় বাতাসে এই পার্থিব দেহ দোলাতে।

স্বর্গ অতীব কাছে—কিন্তু, স্বর্গ দূর হতেও দূর,

যে নিজের ক্রুশ কাঠ নিজের পিঠে বাঁধতে পারে, সে স্বর্গেই আছে। এই গান গেয়ে এই দেহ নিজের অস্তিত্ব মেটাবে; আমি তো কবেই এ দেহ ছেড়ে পরম পিতার ঘরে গিয়েছি। আমি আর ফিরিনি...

"তুমি ফিরেছ, আর দল বানাতে ফিরেছ।

অথবা,

তোমার দল বানানোর তাগিদে তোমায় স্বর্গ থেক নিষ্কাশিত হতে হয়েছে,

বলো ঈশ্বরপুত্র! দল বানানোর তাগিদে তুমি কি স্বর্গ থেকে নিষ্কাশিত হয়েছ?"

ঈষৎ ঠাণ্ডা গলায় যিশুর বন্ধু যিশুকে প্রশ্ন করলেন।

হঠাৎ করে যিশুর হাসি পেল, তিনি হাসতে হাসতে বললেন,

“ঠিকই বলেছ বন্ধু!
আমি স্বর্গ থেকে নিষ্কাশিত,

তবে আমার বহিষ্কার হয়নি, বরং আত্মাভিপ্রায়ে আমার স্বর্গ নিষ্ক্রমণ হয়েছে।

অখণ্ড মিলন আনন্দ থেকে খণ্ডিত হয়ে, হতাশায় আসা হতে আমায় এই নিষ্ক্রমণে অংশ নিতে হয়েছে।

হ্যাঁ, দল বানানোর তাগিদই আমায় স্বর্গ থেকে পৃথিবীর দিকে চেলে দিয়েছে, কিন্তু ছুড়ে ফেলেনি।

আমি আবারও সেখানে ফিরব, কিন্তু একা ফিরব না।

ক’জনকে নেবে?” কিঞ্চিত ফ্যাকাশে ভঙ্গিমায় যিশুর বন্ধু যিশুর দিকে প্রশ্নটি ঠেলে দিলেন।

আমি তো চাই সমগ্র বিশ্বকে সেখানে নিয়ে যেতে কিন্তু যে শিশু হৃদয়, নিজের ক্রুষ নিজের পিঠে নেবে, স্বর্গে সেই যাবে। —বললেন যিশু।

ক্রুশ আর শিশুহৃদয় দুটির সম্পর্ক কোথায়! তুমি কি বোঝাতে চাচ্ছ যে বাহ্য—বুদ্ধিহীন কৃচ্ছ্রসাধনে তৎপর, স্বর্গদ্বার শুধু তারই জন্যই উন্মোচিত হবে?

ভবিষ্যতে যে সমস্ত সংঘ তোমার থেকে জন্ম পেতে চলেছে, সেই সমস্ত সংঘের বিধিবদ্ধ নিয়মে যারা প্রাণপাত করবে, তোমার পিতা তাদেরকেই বুকে টানবেন?

ও। তাহলে যে বা যারা তোমার এই পাগলামোকে প্রশ্ন করবে তাদের পরিণতি হবে নরক? যিশুর উদ্দেশ্যে বললেন যিশুর বন্ধু।

“যে সেই পথে হাঁটবে, সে নিজের অস্তিত্ব মেটাবে।

অনস্তিত্ব মহাঅস্তিত্বে লয় পাবে;

স্বর্গ আকাশে নেই। না তো স্বর্গ সাগরের ওপারে, স্বর্গ এখন—স্বর্গ এখানে।

যে কর্তব্যে কর্তা নেই সেই কর্তব্য মহৎ;

যে কর্তব্যে কর্তা আছে সেই কর্তব্য অপেক্ষাকৃত হীন,

যেখানে কর্তাকে কেন্দ্র করে কর্তব্য জন্ম নেয় সেই কর্তব্যই পাপ। সমগ্র বিশ্বের আইন সংহিতা চোরকে পাপী বলে, আমি শুধু চুরিকে পাপ বলি। সে শুধু কর্তব্যের বিজ্ঞান বোঝেনি; অথবা তাঁর সমাজ তাকে বোঝাতে পারেনি।

তবে,
দায়ী কেউ নয়।
যখন কেউ কর্তব্যের বিজ্ঞান বুঝে নেয়, আর সেইভাবে এগিয়ে চলে;
তখন, স্বর্গপ্রাপ্তি তৎক্ষণাৎ ঘটে না হলে নিত্য নরক বাস।"

এমন বলে যিশু নীরব হলেন।

ভালোবাসা ও দুর্বলতা

মোহকে ভালোবাসার নাম দিয়ে দুর্বলতা থেকে বাঁচবার চেষ্টা ক'রো না।

যিশুর বন্ধু আকাশের দিকে তাকিয়ে বললেন।

ভালোবাসা এবং দুর্বলতার ভেদ আমি জানি,

আমি জানি ভালোবাসা এবং মোহের পার্থক্য। দুটিকে আমি মেশাই না, তবে;

জান বন্ধু! আমি এ দুটোর কোন ভেদও করি না।

এই বলে যিশু ধীরগতিতে একটি দীর্ঘশ্বাস ছাড়লেন। কিছুক্ষণ সবকিছু নিস্তব্ধ থাকল, কেবল পাখির ডাকের সঙ্গে জেরুজালেম নগরীর আড়মোড়া ভাঙার কিছু অস্ফুট প্রাণচঞ্চল আওয়াজে দুজনের অভ্যন্তরীণ স্তব্ধতা আরও ফুটে উঠল।

তবে বলো ঈশ্বর পুত্র!

ভালোবাসা—মোহ এবং দুর্বলতা, এই তিনের কী সম্পর্ক? —বললেন যিশুর বন্ধু।

যিশু বললেন,

আত্মকেন্দ্রিকতা দুর্বলতা,

আত্মকেন্দ্রিক স্বভাব তুষ্টির জন্য কোন কিছু আঁকড়ে ধরার প্রবণতা মোহ,

মোহ এবং আত্মকেন্দ্রিকতা ছাড়া, যে আলিঙ্গনে আক্রমন নেই তাই—ই ভালোবাসা।

আমি জানি,

আমার সাধারণ জ্ঞানের পরীক্ষা নিতে তুমি প্রশ্নটি করোনি, আমি তোমার পরবর্তী প্রশ্ন বুঝতে পেরেছি, তুমি উত্তর শোনো—

হ্যাঁ, আমি ভালোবাসব।

আমি জুডাসকে ভালোবাসব,

আমি ক্রুশ কাঠ ভালোবাসব,
আমি গোলগাথার ওই পাহাড় ভালোবাসব,
ভালোবাসব মা মেরি, বাবা জোসেফকে,
আমি ভালোবাসব কারণকে,
আমি ভালোবাসব অকারণকে,

স্বর্গ থেকে বারংবার পৃথিবীতে ভালোবাসা বিলাতে আমি আসব, স্বর্গের বাতাস হয়ে বারংবার আমি বয়ে যাব,
কখনো নদী হয়ে বা কখনো নর্দমা হয়ে, আমি বয়ে যাব আর বইতে বইতে যতবার ক্লান্ত হব ততবার ভালোবাসা স্বয়ং আমায় বয়ে নিয়ে যাবে; তখন আমিও ভালোবাসা হব।

তুমি কী কখনও মোহগ্রস্ত হবে না অথবা দুর্বল?
যিশুর বন্ধু প্রশ্ন করলেন।

যখন আমি ভালোবাসব,
তখন হয়তো আমি মোহগ্রস্ত হব
অথবা দুর্বল ।
কিন্তু,
আমি দুর্বল হয়ে ভালবাসব না,
মোহগ্রস্ত হয়ে বয়ে যাবো না।
যদি ভালোবাসায় মোহ আসে তবে তা ভালোবাসার প্রসাদ হোক;
যদি ভালোবাসার প্রতি দুর্বলতা নামে, তবে তাই আমার প্রার্থনা হোক।
যদি মোহে আঁকড়ে ধরার প্রবণতা না থাকে, তবে সেই মোহ ভালোবাসার বীজ, একদিন তাই গাছ হোক।
যদি আঁকড়ে ধরার প্রবণতার প্রতি ঝোঁক কমে; আর সেই ঝোঁকের নাম যদি সামর্থ্য হয়— তবে দুর্বলতাই আমার স্তুতি হোক।

এতক্ষণে যিশুর বন্ধুও প্রকৃত অর্থে চুপ করলেন;
যিশুর কথায় যেন স্বর্গের প্রশান্তি চারিদিকে ছড়িয়ে পড়ছিল।

যিশুর ভালোবাসায় আকর্ষণ ছিল না তবে সেই ভালবাসার আকর্ষণে সবকিছু ছিল। যিশুর ভালোবাসার ঘোষণায়, যিশু সকল আকর্ষণের কেন্দ্রবিন্দু হলেন।

এখন যিশু জ্ঞান হলেন।

যিশু আবারও বললেন,

ভালোবাসা, আমার নিত্য স্বভাব। আর তোমারও, সবারই তাইই

সেই নিত্য আকাঙ্ক্ষাই সকল অনিত্য কামনার ধরিত্রী তবে জননী নয়;

পৃথিবী এত কাল বলেছে,

অনিত্যের প্রতি কামনাই পাপ;

আমি বলি তারা একটি সরল সত্য বোঝে না –

কাম্যের জন্ম কামনা থেকে আর কামনার অভিমুখ ক্ষুদ্র থেকে বৃহৎ–এর দিকে,

যে কামনা আজ অনিত্যের প্রতি বারংবার মানুষকে চেলে ফেলছে,

সেই কামনা যা আজকে তাকে অনিত্যের ফাঁদে বাঁধছে একদিন সেই কামনাই অনিত্য থেকে নিত্যের দিকে তাকে ঠেলে তুলবে।

“তবে, অনিত্য থেকে নিত্যের দিকে যাত্রা পথে কামনা বহু বিধ্বংস ঘটায়!

কত যুদ্ধ! কত হিংসা! কত হানাহানি! –সেসবের থেকে কীভাবে তুমি সংঘকে বাঁচাবে?

যে কামনা কাম্যের লোভে উদ্দীপ্ত, সেই কামনায় আত্মবোধের তৃষ্ণা জন্মাতে জন্মাতে শত শতাব্দি কেটে যাবে।” –কিছুটা মন্থর গতিতে যিশুর বন্ধু বললেন।

কাঁটা যেমন কাঁটা দিয়ে তুলতে হয় তেমন কামনাকেও কামনা দিয়েই স্বচ্ছ করতে হয়।

আমি নিজের হাতে কোনও সংঘের ভিত্তিপ্রস্তর স্থাপন করছি না;

তবে আমি আমার জীবনের মাধ্যমে পথ দেখার এক পন্থা দিয়ে যাচ্ছি।

যদি কেউ সেই পথে হেঁটে কখনও কোনও সংঘ তৈরি করে, তবে সেই সংঘ হবে একটি সম্ভাবনার কেন্দ্র। সেই কেন্দ্রে ভর করে মানুষের হৃদয়ে কিছু অতীন্দ্রিয় কামনার ঝংকার ওঠার সম্ভাবনা তৈরি হবে।

চাওয়ার জন্য আমার কিছুই নেই, আমার কাছে প্রাপ্তব্যও কিছু নেই; কারণ আমি জানি, আমি কিছুরই ভোক্তা নই ।

তবুও, আমি করি। কোন শাশ্বত কর্তব্যবোধের দায় অথবা কোন উদ্দেশ্যে নয়, আমি করি কারণ আমি করি।

ঈশ্বর প্রথমে বাক্য ছিলেন, তারপর; বাক্য উদ্ভাসিত হল।

বাক্য সত্য কারণ ঈশ্বর সত্য; বাক্য উদ্ভাসিত হল,
অর্থাৎ প্রকাশের ইচ্ছা হল;
সেই ইচ্ছা স্বতন্ত্র হল,
স্বাতন্ত্র্য ধাবিত হল,
স্বাতন্ত্র্যের গতিপথে, একটি কেন্দ্র আরেকটি কক্ষপথ হল।

শয়তান যখন ঈশ্বরের অনুগ্রহে স্থায়িত্ব প্রাপ্ত হল তখন সে কক্ষপথে বাসস্থান বানাল। কিন্তু কেন্দ্র স্বতন্ত্র হল। স্বাতন্ত্র্য থেকে ইচ্ছা জন্মাল; ইচ্ছা আপন স্বভাবে গতিশীল হল এবং তাঁর জননীর থেকে স্বাতন্ত্র্যের স্বভাব পেল।

ঈশ্বর সৃষ্টি হলেন,
সৃষ্টি স্বতন্ত্র হল,

স্বাতন্ত্র্য কক্ষপথ পেল, ঈশ্বর কেন্দ্র হলেন। ঈশ্বরের অনুগ্রহে ইচ্ছা এবং শয়তান উভয়ই কক্ষপথে বাসস্থান পেল। আর এই পরম্পরা এগোতেই থাকল।

তাই, যদি কেউ কখনও আমায় খোঁজে, সে আমায় পাবে।

কামনার গতি এবং ইচ্ছার স্বাতন্ত্র্য সহযোগে কেন্দ্রে পৌঁছানোর ক্ষমতা সবার।

আমি বলেছি, আবারও বলছি।
আমি পথ হয়ে আসিনি বরং এসেছি ধ্রুবতারা হয়ে;
আমি তত্ত্ব দিতে আসিনি বরং এসেছি মর্ম হয়ে।

আমিই তুমি, তবে তুমি হয়তো আমি নও। যদিও, তুমি আসলেই আমি।

আমি এক গন্তব্যহীন পথ, তাই আমি জীবন্ত। কোন পথিক যদি আমায় খোঁজে তবে নিঃসন্দেহে আমি কখনও পাথেয় হব আবার কখনও হব পথের ছায়া।

পাঁজরের রক্ত

তোমার কথা বুঝলাম, কিন্তু তবু এই বলিদান অহেতুক।
তুমি যে নিত্য সত্যের কথা বলছ সেই সত্যের সম্ভাষণে নিজের পাঁজরের রক্ত উৎসর্গ করা সত্যিই অনাবশ্যক।
তোমার উদ্দেশ্যের জন্য, আপন বলিদান হয় কোন কূটনীতি অথবা বোকামি।
যিশুর উদ্দেশ্যে বললেন যিশুর বন্ধু।

"অহেতুক নয়", বললেন যিশু। তিনি আরও বললেন,
যখনই তুমি স্বর্গ থেকে ফিরে আসবে অনেককে স্বর্গের দিকে ঠেলতে; তখন সোজা পথ দেখাতে তোমায় অনেক বাঁকা আচরণ করতে হবে।

তুমি বারবার আমাকে কথার জালে ফাঁসিয়ে শুক্রবারের রাজ্যভিষেক থেকে দূরে ঠেলার চেষ্টা করছ, তুমি বারবার আমার সামনে সেই সমস্ত যুক্তি সাজানোর চেষ্টা করছ যার ফলে তুমি আমাকে তেমন বোঝাতে সমর্থ্য হও যে আমার আচরণ হয় অযৌক্তিক অথবা গর্হিত।

"যদি তুমি মনে কর আমি কৃচ্ছ সাধনার বিরোধী, তবে তুমি ভুল ভাবছ।
আমি জানি, যখন ফিরতে হয় সকলকে তুলতে, তখন কাটার বিছানায় স্বেচ্ছায় রাত কাটাতে হয়,
সেই নিশিযাপনে বাধ্যবাধকতা নেই আছে ভালোবাসা, অকাপট ভালোবাসা। তবে, যাদেরকে নিয়ে তুমি ফিরতে চাইছ তারা কি এখনও তৈরি হয়েছে ?
যাদের হাতে তুমি এত বড় গুরুদায়িত্ব তুলতে চলেছ,
যাদের কাঁধে এত গুরুবোঝা চাপাতে চলেছ,
তাদের হাত ও কাঁধ কি এখনও শক্ত হয়েছে?
ভাবো, এখনও ভাবো।

যদি আমার বুদ্ধি মানো তবে পালাও,
আমি চাই না তোমায় অপরিপক্ক ফল হিসেবে ঝরে পড়া দেখতে।

যদিও,
আমি জানি তুমি পরিপক্ক!
কিন্তু, যাদের মাঝে তুমি ঝরে পড়তে চাইছ তারা কাঁচা।"
—বললেন যিশুর বন্ধু।

যিশু বললেন,
ইতিহাসে একমাত্র বা প্রথম হওয়ার আমার কোন বাসনা নেই। যদি তুমি মনে কর আমার এই রক্তক্ষরণের কোনও স্বার্থান্বেষী কারণ আছে, তবে বিশ্বাস করো তেমন নেই।

তোমার কথার যৌক্তিকতা আমি বিশ্বাস করছি,
আমি জানি, এদের মধ্যে সেই সামর্থ্য নেই যে সামর্থ্যের কথা তুমি বলছ। কিন্তু, সেই সামর্থ্য দিয়ে কী লাভ; তুমি কি বোঝাতে পারবে?

ঠিককে ঠিক আর বেঠিককে বেঠিক বলতে ওটুকুই সামর্থ্য প্রয়োজন।
— বললেন যিশুর বন্ধু।

আবারও দুজন কিছুক্ষন চুপ রইলেন; এই নিস্তব্ধতায় পরস্পর পরস্পরের শব্দের উৎপত্তি সম্মন্ধে কিছুক্ষণ বিচার করলেন কিন্তু তবুও একেঅপরকে কিছু বুঝতে দিলেন না।

মৌনতা ভেঙে যিশু বললেন,
আমি মৃত্যুকে জীবনের দিকে ডাকছি বন্ধু,
আমি জানি তার্কিক দিক থেকে তুমিই ঠিক, কিন্তু জীবনের সব হিসাব যেমন তর্কে মেলে না তেমন ভাবে আমার কথার কেন্দ্রে তোমার তর্ক পৌঁছবে না।

যিশুর বন্ধু তাচ্ছিল্যের হাসি হেসে বললেন,

"আমি অনেক পরাজিত সৈনকে দেখেছি,
কাউকে দেখেছি যুদ্ধরত অবস্থায় মরতে,
ব্যবহারিক বুদ্ধিসম্পন্ন পরাজিতদের যুদ্ধক্ষেত্র ছাড়তে দেখেছি, কখনও শান্তি চুক্তি করতেও দেখেছি, কখনও আবার ঝোঁক বুঝে ঠিক সময়ে কোপ দিতেও দেখেছি—

কিন্তু, বুদ্ধিমান ভীতুদেরই দেখেছি যুদ্ধক্ষেত্র আত্মহত্যা করতে।

তোমার ঘটনা কি সৈনিক?

তুমি যুদ্ধক্ষেত্র ছেড়ে পালাচ্ছ! নাকি যুদ্ধক্ষেত্রে আত্মহত্যা"

বন্ধুর তাচ্ছিল্যের হাসি গায়ে মেখে প্রতিক্রিয়াতে আরও স্নিগ্ধ হাসি হেসে যিশু বললেন, "আমি সৈনিক নই, আমি প্রেমিক।

তোমার সমরাস্ত্রের ঝলাকানি যে সত্যকে প্রকাশ করতে অক্ষম, সেই সত্য নিরন্তর আমার স্তুতি করে।
আমি সেই ভরসা যার জোরে মায়ের কোলে শিশু ঘুমায়,
আমি সেই আশ্রয় যার বিশ্বাসে পাখি বাসা বাঁধে,
আমি সেই উচ্ছ্বাস যাতে নদী বয়,
আমি সেই আকাঙ্খা যাতে সৃজন জন্ম পায়,
আমি সেই আশা যাতে মৃত্যু জীবনের স্বপ্ন দেখে।
সময় যেখানে যেতে অক্ষম আমার সেখানেই বিচরণ,
আমি তো প্রেমিক;
তাই আমার কোনও জন্ম নেই, নেই মৃত্যু —

আমার আছে শুধু প্রবাহ!

কখনও আমি তরঙ্গ হয়ে বয়ে চলি আবার ঝর্না হয়ে ঝরে পড়ি, কখনও আমি আধুনিক আবারও সব আধুনিকের মাঝে আমিই প্রাগৈতিহাসিক। কখনও আমি কামনা হয়ে লুটিয়ে পড়ি আবার কখনো বিরাগ রসে ভাসি।

কেননা, আমি প্রেমিক! আমি সৈনিক নই।"

রাজা কখনও প্রেমিক হয় না, বুঝলে ইহুদি রাজা! —কটাক্ষের বাঁকা হাসি ঠোঁটে চেপে যিশুর বন্ধু কথাটি ছুঁড়লেন।

যে রাজার রাজত্ব বংশক্রমে শেষ হয়, আমি সেই রাজা নই;

যে রাজ্য বাহুবলে শক্তিশালীকে প্রভুত্ব অর্পন করে সেই রাজ্য আমার না। —বললেন ইহুদি রাজা। তিনি আরও বললেন—

আমার রাজত্ব সেখানে শুরু হয় যেখানে দাসত্ব শেষ হয়। যখনই দেখবে কোথাও দাসত্বের শৃঙ্খল ভেঙে পড়ছে জেনো সেখানে এই ইহুদি রাজা এসেছে।

যখন যখন দেখবে অত্যাচারীর চাবুক মাটিতে অযত্নে পড়ে পড়ে নষ্ট হচ্ছে, তখন তখন বুঝবে ইহুদি রাজার শাসনকাল চলছে। যে দেশে ঘোড়ার আস্তাবলের পাশে প্রচুর গোবর আছে, বুঝো সেই দেশ আমার, সেই কাল আমার, সেই অবস্থা আমার।

যদি দেখো ঘোড়ার গোবর আর মানুষের রক্ত মিশছে, তবে জেনো তারা আমায় তাড়িয়ে কোনও মানুষকে রাজত্ব দিয়েছে, জেনো সেই রাজ্যের রাজা হয়তো কোনও যোদ্ধা, যে যোদ্ধা প্রেমিক নয়।

"শাসনের সীমারেখায়, ব্যাক্তিগত এবং ব্যাক্তিকেন্দ্রিকতা একই, তুমি কি তা জান?

প্রেম আর শাসন একে অপরকে নিয়ে কীভাবে এগোতে পারে? তুমি কি তা জান?"

যদি জান তবে বলো, জিজ্ঞেস করলেন যিশুর ভিনদেশী বন্ধু।

"শাসন যদি শোষণের নিমিত্বে উৎপাদন ব্যবস্থা হয় তবে উৎপন্ন শাসন অবশ্যই প্রেম না।

যে শাসনে তাগিদ নেই, সেই শাসনেই শোষণ নেই;

এই বিশ্ব শুধু তাগিদের শাসন চেনে। কিন্তু, আমি তাগিদ ছাড়া শাসন করি; তাই আমি ভালোবাসি।
যে যে তাগিদ ছাড়া ভালোবাসে, আর ভালোবেসে যায় তাগিদের সীমা ছেড়ে;

তারা সবাই রাজা, আমিও প্রজা সেই রাজাদের রাজত্বে।
কেউ কেউ বলে সেই রাজত্ব স্বর্গ। যে রাজত্বে সকল প্রজাই রাজা;

কিন্তু আমি বলি, না। সেই রাজত্ব স্বর্গ যেখানে রাজন্যবর্গ প্রজা হতে লালায়িত, আর প্রজারা সেই রাজনের প্রজা হয়ে ধন্য।

যদি দেখ কখনও এই নিষ্ঠুর পৃথিবীতে, কেউ দুর্বলের জন্য অস্ত্র ফেলে— তবে জেনে রেখ যিশুকে সে খোলা বাজারে কিনে নিয়েছে।" বললেন যিশু।

"শাসনে প্রেম ব্যবহারিক নয়, আর ব্যবহারিকতায় প্রেম নিরর্থক।" বললেন যীশুর বন্ধু।

যদি আমি ব্যবহারিক হতাম, তবে হয়তো তোমায় আজ এখানে আসার কষ্ট করতে হত না। ব্যবহারিকতা সুন্দর কিন্তু আমি যে সুন্দরের কথা বলি সেই সুন্দরের কাছে সমস্ত সুন্দরের সৌন্দর্যই বড্ড ম্লান।
সময়ের ভেদে,
পরিস্থিতির ভেদে,
ব্যক্তিক এবং সামাজিক অবস্থার ভেদে, ব্যবহারিকতা বদলে যায়।
ব্যবহারিকতা চলনের ঢং,
কখনও কখনও গমনের অভিমুখ
কিন্তু, ঢং অথবা অভিমুখের মাঝে, যা কিছু শাশ্বত আছে, জেনে রেখো বন্ধু— প্রেম শুধু সেখানে।
প্রেম এক নির্বিকল্প ঘটনা; যে ঘটনায় প্রেমিক দুই থেকে এক হয়,

সে এক উপাসনা, তবে সেই উপাসনায় উপাস্য নিষ্ক্রিয়। কিছু সময় উপাসকের চোখে উপাস্য এবং উপাস্য নিরিখে স্থান—কাল—ব্যক্তি অত্যন্ত প্রাথমিক ভূমিকা নিতে পারে তবে আর কিছুই নয়।

আর ব্যবহারিকতা, সেই হিসাব দুইয়ের ভাষায় কথা বলে, আর যিশু দুইয়ের ভাষা বলে না।

যিশু এই বলে শান্তভাবে মুচকি হাসলেন এবং হাসতে হাসতে বন্ধুর দিকে তাকালেন।

ফুলের চারা

আমি এই মরুভূমিতে এক ফুলের চারা,
আমি যে চারা রোপণের জন্য নিজেকে মেটাচ্ছি,
সেই চারা আমিই— বললেন যিশু।

"বুঝিয়ে বলো।" যেন অনুগ্রপূর্বক প্রার্থনা জানালেন যিশুর বন্ধু।

যিশু বললেন,
ওই যে তুমি বলছিলে,
নিশ্চিত ভাবে আমি এই তপ্ত মরুভূমিতে এক ফুলের চারা রোপণ করছি। বন্ধু, আমিই সেই ফুল গাছ।
যে গাছের কথা আমি তোমায় বলেছিলাম সেই গাছ আমিই।
আমি তখন তোমায় কী বলেছিলাম জানি না।
কিন্তু, আমার রক্ত আর মাংসে ওই গাছ পুষ্ট হবে,
এই দেহ ছেড়ে আমিই ওই গাছ হব।

"ফুলের চারা রোপণ আর নিজে ফুলের চারা হওয়ার মধ্যে পার্থ্যটা কোথায়?" জিজ্ঞাসা করলেন যিশুর বন্ধু।

যিশু বললেন,
যতটা পার্থক্য বাসনা আর সৌন্দর্যের মধ্যে ঠিক ততটাই।
সব সৌন্দর্যে বাসনা থাকে না আর সব বাসনায় সৌন্দর্যও থাকে না।
তবুও, বাসনায় তৃষ্ণা বোধ হয় আর তৃষ্ণায় বাসনা,
তবে সৌন্দর্যের প্রতি তৃষ্ণা জন্মাতেও পারে আবার না—ও পারে।

আমি যখন ফুলের চারা হব তখন আমি কেবল সুন্দর হব, বাসনা আর তৃষ্ণা ছাড়া কেবল সৌন্দর্য হব— আমি কেবল সুন্দর হব।

আমি সুন্দর হব সুন্দরের আকাঙ্ক্ষা না বিলিয়ে, কোনও অসুন্দরের ভয় না দেখিয়ে। যখনই বাসনা সুন্দরের কথা বলে, সে অসুন্দর নিয়ে আসে, দুইয়ের ভাষা যখনই উচ্চতর শব্দ বলে সেখনেই নিম্ন আসে, অকারণে।

মানুষ দুয়ের ভাষায় বাঁচে, মানুষ দুয়ের ভাষায় স্বপ্ন দেখে। —এদের একের ভাষা বোঝাবে কী করে?

তোমার কথা বুঝতে বুঝতে এরা কে কে কী কী তাণ্ডব করে! তার দায় কে নেবে?

যদিও তুমি এদের থেকে এদের ভাষা কেড়ে নিতে পার, তবুও স্বপ্ন কাড়বে কীভাবে! — বললেন যিশুর বন্ধু।

যিশু বললেন,

দুইয়ের ভাষা থেকে একের ভাষায় আনতে, তাণ্ডব আমি স্বয়ং হব। আমার জীবন দুয়ের ভাষায় যে অস্বচ্ছ আঁকিবুকি টানছে, আমার মৃত্যু সেই দাগ মেটাবে;

হ্যাঁ, আমি আমার মৃত্যুর স্রষ্টা হব। আমিই আমার মৃত্যু প্রকল্প প্রণেতা হব। আমি ফল হয়ে ঝড়ে পড়ব না, বন্ধু। এই ফল ফেটে বীজ হয়ে সকল দুইয়ের পাষাণে ঝরে ঝরে পড়ে একের গান গেয়ে যাবে।

আগামীকে উত্তর দিতে তুমি কি দায়বদ্ধ নাকি এ তোমার স্বয়ংসেবা? — প্রশ্ন করলেন যিশুর বন্ধু।

যিশু বললেন,

আমি উত্তর দিতে নয় বরং প্রশ্ন দিতে চাই;

বিশ্বাসের প্রতি আস্থাশীল অদৃষ্ট বন্ধনে কাউকে বাঁধার কোনও শখ আমার নেই।

মুক্ত হতে একসময় মুক্তিকেও প্রশ্নবিদ্ধ করতে হয় —

আমি জানি,

সেই পথে চলতে চলতে কখন পা পিছলে যায়; আর,

কখন পিঠে ডানা গজায়, বোঝা যায় না—
কিন্তু, পথে এগিয়েই যেতে হয়।

তুমি যত যত বার দুইয়ের সীমানা ছেড়ে একের দিকে এগিয়ে যাবে তত দেখবে পথ আর মাঠ মিশছে, মাঠ আর নদী মিশছে, নদী আর ঘাট মিশছে।

যত যত বার দুয়ের পথ মিটে মিটে একের দিকে যায় ততবার তুমি আকাশে আর পাতালে ভেদ হারাবে।

দেখবে যা কিছু তোমার;
কিন্তু, তার থেকে তুমি 'তোমার' হারাবে, ফলে যদিও তুমি দেখবে কিন্তু তুমি থাকবে না।

যখন দেখা থেকে দ্রষ্টা সরে যায় তখন সেখনে কী ঘটে? —যিশুর বন্ধু বললেন।

যখন দেখা থেকে দ্রষ্টা সরে তখন তাকে নীরব দর্শন বলে,
জান, বন্ধু! আমাদের দৃষ্টিতেও আঘাত আছে!

যখন কেউ বলে আমি দেখছি, তখন আপন হৃদয়ের গভীরতর গিরিখাতে কোনও এক পঙ্গু এমনভাবে আকাঙ্ক্ষা ভোগ করে যেভাবে পর্বত বিজয়ের স্বপ্ন দেখা পঙ্গু পর্বতের পাদদেশে বসে চূড়ার দিকে তাকিয়ে থাকে। প্রতি আকাঙ্ক্ষাই মোহ আর সমস্ত মোহই কোনও প্রকারের আঘাত;

যখনই কেউ বলে, দেখ কী সুন্দর ফুল!
আমি বলি, দেখ কী নিদারুন পাশবিক প্রবৃত্তি।

ফুলকে সৌন্দর্য, মানুষকে দেবত্ব যারা আরোপ করে,
তকমা দেয় যে শাসককে শোষকের আর শোষনকে শাসনের; সবকিছুতে, হ্যাঁ সবকিছুতে দ্রষ্টা আপন দর্শনে সৌন্দর্যকে ছুঁতে চেষ্টা করে।

আমায় যে যে মনে চায় আমি তার কাছে তেমনই নিজেকে বিলিয়ে দিই;

কখনও কেউ আমায় প্রাচুর্যে খোঁজে কোনও তহবিলে,

কখনও; কেউ আমায় অভাবে খোঁজে কোনও পোড়া রুটিতে।

অবশ্য আমি মদিরার রস হয়ে, সব রসিকের হৃদয়ে—

কোনও বোতলে আমি বাঁধা পড়ি না, যদিও সব বোতল আমায় বাঁধার চেষ্টাতেই কোনও এক সময় বোতল হয়।"

—যিশু এই বলে স্তব্ধ হলেন।

যিশু এবং যিশুর বন্ধু দুজনেই এই সময় উদীয়মান সূর্যের দিকে তাকিয়ে ছিলেন, সূর্য যেমন এই পৃথিবীকে এতদিন অকারণে আলো দিয়ে আসছিল ঠিক তেমনি যেন নসরতের এই যুবক সমগ্র পৃথিবীকে আলো দিতে, আজ নিজের অস্তিত্ব মেটাতে দৃঢ় সংকল্প।

মৃত্যু থেকে অমৃতের দিকে যে পথ এগিয়ে যায়, সেই পথের শাশ্বত ফলক হতেই ইহুদী রাজাকে আপন রক্তে স্নান করতে হবে— একথা যিশুর বন্ধু ভালোই বুঝতে পারছিলেন। তিনি নিজেও জানতেন যিশুকে তিনি যেভাবে আটকানোর চেষ্টা করছেন তাতে তিনি যিশুকে আটকাতে পারবেন না। একথা আজ পর্যন্ত কেউই জানে না, সেদিন যিশুর এই বন্ধু সত্যিই যিশুকে বাঁচানোর চেষ্টা করছিলেন নাকি নিমিত্ত মাত্র উপস্থিত হয়ে প্রকাশকে আরও স্বচ্ছ থেকে স্বচ্ছতর করার চেষ্টা চালাচ্ছিলেন। আমাদের ইতিহাস হয়তো এই ঘটনা মনে রাখবে না, আমাদের ইতিহাসে হয়তো আমরা এই ইহুদি রাজাকে মর্যাদা দেব না। কিংবা শুধুমাত্র তার নাম নিয়ে সেই শাশ্বত শোষণ পরম্পরার গান গেয়ে যাব যার উদ্দেশ্য বিপ্লবীদের ঘুম পাড়ানো — বিপ্লবকে ঘুম পাড়ানো।

বিপ্লবের জন্য ঘুম নিয়তি! নাকি মানবিক উপহার! আমরা জানি না— হয়তো এই না জানার প্রবৃত্তি আমাদের কোনও এক সূত্রে বেঁধে রাখে, হয়তো এই প্রবৃত্তি আমাদের মানবিক করে তোলে। মানবিকতা আর যাই

হোক— বিপ্লব না, বিপ্লব হয়তো কখনও মানবিক হতে পারে কিন্তু মানবিকতায় বিপ্লব সোনার পাথর বাটি।

মানুষ হিসাবে যা আমাদের বাঁধে সেই সমস্ত বাঁধনের প্যাঁচে কোথায় বিপ্লব আর কোথায় বিপ্লবী! সেখানে আছে এক অনাবিল শাশ্বত ঘুম, তবে কেন যুগে যুগে বিদ্রোহ হয়! বিদ্রোহী আসলে কি চায়! আর ঘুম থেকে জেগে ওঠা যে বিদ্রোহীরা রাস্তায় চিৎকার করে, নতুন গান বাঁধে আর সমাজের মুখে প্রশ্ন ছোঁড়ে; তাদেরকে যারা কালের কোলে ঘুম পাড়ায়— সেই ঘুম পাড়ানি মাসি পিসির দল আসলেই কি ঘুমন্ত! নাকি সর্বদা জাগ্রত হয়ে ঘুম পাড়াতেই তাদের আনন্দ!

মানুষ যা কিছু চেয়েছে সবকিছুর মধ্যে কেবল সুন্দরকেই দেখেছে। সুন্দর ছাড়া এরা কখনও কিছু চায়নি, বিপ্লবী ঘুম থেকে উঠে খোলা চোখে সুন্দর খোঁজে, ঘুমন্ত নরনারী স্বপ্নে সুন্দর খোঁজে, তারা, যাদের যৌবন দেহে বুদ্ধি প্রৌঢ় হয়েছে— তারা ঘরের এক কোণে বসে শান্ত হয়ে সুন্দর দেখে, যারা ঘুম পাড়ায় তারাও নিজের জায়গায় সুন্দরেরই আরাধনা করে।

আপন মনে যিশুর বন্ধু বলে গেলেন, "সূর্যাদয়ের এই মুহূর্তে আপন নিস্তব্ধতায় যিশু স্বয়ং সুন্দর হলেন। যিশুতে সৌন্দর্য প্রক্ষিপ্ত হল না কিন্তু তিনি স্বয়ং সুন্দর হলেন;

সুন্দর ঈশ্বর — সুন্দর স্বয়ম্ভু — সুন্দর স্বয়ং প্রকাশ— সদা অস্তিত্ববান।
যিশু এখন সুন্দর হলেন আর এই সুন্দরই সর্বশক্তিমান।"

তার এই কথা কেউ শুনল না, তিনিও কাউকে শোনালেন না। কারণ, চামড়ার জিভ সত্যকে এঁটো করে ফেলে।

চামড়ার জিভ

যিশু বললেন,

যা কিছু সৃজন তাই—ই ধ্বংস;

যখন তুমি তোমার গন্তব্যের দিকে এগিয়ে যাবে, তোমার যাত্রার সূচনা থেকে ক্রমশ দূরে সরে যাবে।

কখনও যদি আবার ফিরে আসো যেখান থেকে শুরু করেছিলে পথ চলা; সেদিন লক্ষ ক'রো অবস্থা আর অবস্থানের মধ্যে ভেদ কত বড়।

আজ পর্যন্ত যে দূরত্ব তুমি হেঁটেছ, সেই সব পথই তুমি চেয়েছ নিজের মধ্যে হাঁটতে; নিজেকে আরও নিজের করে পেতে তুমি কতই না তাণ্ডব চালাচ্ছে ক্রমাগত।

আমার হাঁটা থেমেছে;

আমি দাঁড়িয়ে; যিশু স্থির এই মহাবিশ্বে— শুধু যিশু স্থির – যা কিছু স্থির যিশু তাতে, যিশু তাই— তাই তো সেই স্থিরকে কেন্দ্র করে এই মহাবিশ্বের আবর্তন।

এ কি আসলেই স্থিতিশীলতা নাকি তোমার নিষ্ক্রিয়তা অথবা ভণ্ডামি? – বললেন যিশুর বন্ধু। তিনি আরও বললেন— ব্যবস্থাপকের সংস্পর্শে বিপ্লব প্রশাসন প্রসব করে।

আবার কোন প্রশাসনের জালে তুমি সবাইকে বাঁধতে চলেছ?

হে আদম গোত্রীয় ঈশ্বর! তুমি কি ছলনা করছ?

"সেই ভাব আমি ভাষায় আনতে পারব না, কেননা কারও সেই কান নেই যে সেই ভাবের ভাষা শোনে— যে সেই ভাবের ভাষা বোঝে।" যিশু বললেন।

যীশুর বন্ধু বললেন,

ভাবের ঘরে কোন রসের চুরি করছ বন্ধু।

কোন রসের জোয়ারে ভাসছ আর কোন রসের জোয়ারে সবাইকে ভাসাতে এত ফন্দি আঁটছ!

যিশু এবার মৃদু হাসলেন—
রস! তুমি যদি রসের কথা শুনতে চাও তবে আগে বরং রসিক হও; যিশু শুষ্কদের নয়, বরং যিশু রসিকের; গোলগাথার ওই পাহাড় রসিকের, ক্রুশ কাঠ রসিকের।

এবার হঠাৎ যিশুকে থামিয়ে যিশুর বন্ধু বললেন, "আর মা মেরী?"

বন্ধুর এবারের কথায় যিশু থমকে গেলেন,
যিশুর নিস্তব্ধতা এতটাই গভীর হল যে সেই গম্ভীর নিস্তব্ধতায় মহাবিশ্বের কেন্দ্রপতন হল।
ঈশ্বর এখন মানুষ হলেন;

সৃষ্টি থেকে স্রষ্টা যেন ততটাই আলাদা যতটা কায়া আর ছায়া। হয়তো তারা আলাদা নন অথবা এক নন; কিংবা হয়তো অভিন্ন।

আমি নিস্তার ভোজের ভেড়া, আমি হিসপের ডাল, আমিই পুরহিত—
আমি শাশ্বত রাজা— আমি শাশ্বত শাসন— আমি শাশ্বত তীর্থ।
আমি চেতনা— আমি মর্ম— আমি তোমার আত্মা।
—বললেন যিশু।

"আর ভক্তি! তুমি ভক্তির উপভোক্তা নও!
মানুষের সেই পাশবিক লেনদেনের সাক্ষীও কি তুমিই নও!
তুমি কি সেই বাজারও নও যে বাজারে মানুষ আস্থা বিক্রি করতে যায়।
তুমি কি সেই ভক্তি ব্যবসার বাটখারা নও! যার মাপে আশা বিক্রি হয়, তোমার পিতার নামে।" বললেন যিশুর বন্ধু।

যিশু বললেন, “আমি সৃষ্টির বীজ, আমি স্রষ্টার মাটি।”

যিশুর বন্ধু বললেন,
তুমি রঙ্গমঞ্চের অভিনেতা, তুমি পরাজয়ের গ্লানি, ব্যর্থতার নিঃশ্বাস।

যিশু বললেন,
আমি দিনের মেঘের স্তম্ভ, আমি রাতের অগ্নিদণ্ড।

যিশুর বন্ধু বললেন,
তুমি নিঃশেষ মেষপালক, তুমি পরাজিতের অন্তিম ব্যর্থ যুক্তি, তুমি নিভে যাওয়া আগুন, তুমি সূর্যাস্তের লাল আকাশ।

যিশু বললেন,
আমি নবী, আমি মুক্তির নাবিক।

যিশুর বন্ধু বললেন,
তুমি এক ভ্রান্তি, তুমি ক্ষুধা, তুমি গলিত– উষ্ণ– প্রবাহিত।

যিশু বললেন,
আমি বিচারকের বিচার, আইনসভার আইন, প্রশাসকের অন্তিম প্রশাসন।

যিশুর বন্ধু বললেন,
তুমি প্রহসন, তুমি দুর্বলের অস্ফুটনাদ, তুমি সর্বহারার চিৎকার, তুমি স্বয়ং বিধ্বংস।

যিশু বললেন,
আমি শাশ্বত কর্তব্যবোধ, আমি উপসংহারের দাতা—ত্রাতা—নেতা।

যিশুর বন্ধু বললেন,

তুমি অন্তিম লুঠ, তুমি ডাকাত, তুমি হত্যা।

যিশু বললেন,
আমি বিশ্বাসীর বিশ্বাস— আস্থাশিলের আস্থা।

যিশুর বন্ধু বললেন,
তুমি প্রতারণা, তুমি প্রতারকের তাড়না, প্রতারিতের পাগলামী।

যিশু বললেন,
আমি ভগ্ন হৃদয়ের কারিগর— আমি ভাঙা দেওয়াল আবারও দাঁড় করাই; তবে পাঁচিল তুলি না।

যিশুর বন্ধু বললেন,
তুমি ভগ্ন ব্যবস্থার জীর্ণ অবস্থা— তুমি মর্ম জ্বালা।

যিশু বললেন,
আমি মর্দেকাইয়ের মর্যাদার অধিকার।

যিশুর বন্ধু বললেন,
তুমি ব্যবস্থাপনার পৃষ্ঠপোষক দুর্বল বিপ্লবী।

যিশু বললেন,
আমি শাশ্বত ত্রাতা— আমি একমাত্র চিরঞ্জীবী।

যিশুর বন্ধু বললেন,
তুমি ব্যর্থতার অভিমান— মরণাপন্ন অন্তিম দীর্ঘশ্বাস।

যিশু বললেন,
আমি একমাত্র মেষপালক।

যিশুর বন্ধু বললেন,
কী প্রমাণ তুমি শেয়াল নও!

যিশু বললেন,
আমি প্রজ্ঞা। আমি সলমনের গান, আমি শান্ত রাজপুত্র।

যিশুর বন্ধু বললেন,
তুমি নিষ্ঠুর পাষাণ খণ্ড।

যিশু বললেন,
আমি কাঁদতে জানা ঈশ্বর, আমি অক্ষত— অখণ্ড।
আমি স্রষ্টাহীনা সৃষ্টিরও প্রভু।

যিশুর বন্ধু বললেন,
তুমি পতিত তারা।

যিশু বললেন,
আমি এজেকিয়েলের ভ্রমণ গাথা, আমিই চতুর্মুখী— আমি ঈশ্বর, আমি সিংহ, আমি সিংহাসন।

যিশুর বন্ধু বললেন,
তুমি দুর্বলতা; তুমি দল বাঁধার প্রবৃত্তি, তুমি মানত—মিনতি মূর্তি।

যিশু বললেন,
আমি ফলে ভরা ডাল, আমি বরাঙ্গনার নিষ্ঠ স্বামী।

যিশুর বন্ধু বললেন,
তুমি ম্লান—মুগ্ধ মূর্ছনা।

যিশু বললেন,
আমি পবিত্র আত্মা ও আগুনে বাপ্তিস্ম প্রদাতা।

যিশুর বন্ধু বললেন,
তুমি পরাজয়ের ভার, নিজ দেশেই লাঞ্ছিত।

যিশু বললেন,
আমি জগতের কুলি, আমি মহান বিদেশি যাজক।

যিশুর বন্ধু বললেন,
তুমি হারিয়ে যাওয়া পথিক, মরণার্তের গোঙানি।

যিশু বললেন,
আমি সুন্দর পায়ের বার্তাবাহক, আমি ঈশ্বরের শাসন,
আমি ধর্ম ঘোষণা।

যিশুর বন্ধু বললেন,
তুমি পরাজয়ের গল্প কথা।

যিশু বললেন,
আমি ঐশ্বরিক ঐতিহ্যের পুনরুদ্ধার।

যিশুর বন্ধু বললেন,
তুমি দমনের পরিকল্পনা, আত্মহত্যার প্রণেতা।

যিশু বললেন,
আমি রাজা, আমি চাকর, আমি মানুষের কোলে জন্ম নেওয়া ঐশ্বরিক শাসন।

যিশুর বন্ধু বললেন,
তুমি মানুষের পতন— ধ্বংস —ছারখার।

যিশু বললেন,
আমি স্বাধীনতা, বিজয় গাঁথা, ধর্মক্ষেত্রের অধিষ্ঠান।

যিশুর বন্ধু বললেন,
তুমি বিতৃষ্ণা, তুমি ভাঙা চকচকে কাঁচের টুকরো, তুমি প্রলাপের নৃত্য।

যিশু বললেন,
আমি আনন্দ, পরিপূর্ণতা;
আমিই আশা, ভরসা, স্থিতিশীলতা।

যিশুর বন্ধু বললেন,
তুমি ইতিহাসের বই থেকে সযত্নে ছেড়া পৃষ্ঠা।

যিশু বললেন,
আমি জীবন— আমি ছন্দ— আমি উদ্দম;
আমি ভরসার ভিত, আমি বিবেকের অনুভূতি।

এবার যিশুর বন্ধু চুপ করলেন, কারন তার মনে পড়ে গেল, চামড়ার জিভের সীমাবদ্ধতা।

যিশুও নিস্তব্ধ হলেন, কারণ তিনি জানেন চামড়ার কানের সীমাবদ্ধতা।

যিশু এখন বন্ধুর দিকে তাকালেন, দেখলেন তিনি হাসছেন। যিশুও হাসলেন।

যিশু জানেন তাঁর বন্ধু এখন তাকে রাজ্যাভিষেকের স্নান করালেন। মুকুট পরার আগে এই স্নান ভীষণ জরুরী— দুজনেই জানেন।

যিশু পাথরের ওপরে গিয়ে বসলেন আর আঙুল দিয়ে পাথরের গেয়ে কিছু একটা আঁকতে লাগলেন।

দালাল দল

সংঘকে কেমন করে বাঁচাবে দালাল দলের থেকে?
—বললেন যিশুর বন্ধু।

যিশু বললেন,
আমি মুক্তের মুক্তি গ্লানি হব; আমিই ত্রাণের রশি হব।
যে আমায় পাবে আমি তাকে দায়িত্ব দেব আর দিয়েই যাব যতক্ষণ পৃথিবীর ধড়ে আত্মা আছে।

"আর সেই ভক্তির উপভোক্তা কে হবে বন্ধু।" জিজ্ঞেস করলেন যিশুর বন্ধু।

যিশু বললেন,
নিঃশ্বাসে ভক্তি হয়ে আমি থেকে যাব—
প্রশ্বাসে স্তুতি হয়ে আমি উচ্চারিত হব।

যিশুর বন্ধু বললেন,
মানুষ ভীতু, দুর্বল আর সঙ্গী প্রিয়।
আমার ভয় সংঘ নিয়ে;
মানুষের সংঘ তৈরি হয় মানবতার ভিত্তিতে,
আর মানুষ দুর্বল— মানবতা পঙ্গু।
এই পঙ্গু দুর্বলের দল না জানি আবারও কোন দালালের হতে তুলে দেবে তোমার নামের অধিকার, তোমার অস্তিত্বের দাম।
না জানি তোমায় কে নিজের অধিকার কায়েম করবে!
না জানি হয়তো বা যিশু কারও পর্দাশীলা লাজুক কুলবধূ হবে।

যিশু বললেন,
ক্রুশ কাঠ আমার পরিচয় হবে।

যে আর যখন আশার উর্দ্ধে গিয়ে ছাড়তে জানবে;

সে তখনই যিশুকে জানবে।

সে যিশুকে জানবে নিজের হৃদয়ে, যদি সে আমায় নাও চেনে। সে আমায় দেখবে নিজের হৃদয়ে স্পন্দিত হতে।

যিশুর বন্ধু বললেন,
আর দালালের আগ্রহে!
মানুষ যখন ক্ষমতা পেয়েছে সে দালাল হয়েছে,
দালালিতে প্রবাহিত স্নানে উপার্জন হয়।
সেখনে তুমি কী করবে বন্ধু?

"সেখানে আমি প্রবাহিতের মর্ম হব আর উপার্জনের অর্জন ক্ষমতা।", বললেন যিশু, তিনি আরও বললেন,

"যখন আমি উপার্জনের অর্জন হব– তখনই তুমি আমায় চিনবে সব আগ্রহের বিগ্রহ হয়ে।

আমি তখন সে হব, যা সে ভাবে।"

আকারের পরিবর্তন সুলভ্যতা, জলের ব্যবহারিকতা নাকি মেরুদণ্ডহীনতা! পৃথিবী কীভাবে বুঝবে? —প্রশ্ন করলেন যিশুর বন্ধু।

যিশু পাথেরের গায়ে আঙুল বোলানো থামালেন, চোখ বন্ধ করে আকাশের দিকে মুখ তুলে একটা পাল্টা প্রশ্ন করলেন, তিনি বললেন,

আলোর কী মেরুদণ্ড হয়?

তিনি আরও বললেন,
আমি জগতের আলো।
সংঘে আমার অবস্থান ঘরের দরজার মতোই। সবাই দেওয়াল দেখে যে ঘর চিনবে আমি সেই ঘরের দেওয়ালে দাঁড়ানো শূন্যস্থান হব,
আমি দেওয়ালে দাঁড়াব চুন সুড়কি না মেখে,
যদিও আমি সেখনে থাকব অদৃশ্য উপযোগী হয়ে।

যে যে ঘরে আসবে তারা আমায় দিয়ে আমার মধ্যে আসবে, যে আমায় চিনবে, জানবে আমি যদিও সেখানে থেকেও নেই। কিন্তু আমি আছি, ছিলাম আর থাকব। আমি থেকেই যাব। সকল আবর্তন আর বিবর্তনে একমাত্র ধ্রুবক হয়ে, শুধু মাত্র গতি হয়ে।

"যদি তুমিই দালালের শাসন প্রতীক হও! তবে কী হবে!", বললেন যিশুর বন্ধু।

যিশু বললেন,

যদি কেউ দালালিতেও আমায় দলে নেয় তবে জেনো দলালিতে সে ক্রুশকাঠই পাবে।

যদি সে সেই কঠে নিজেকে ঝোলায় তবে তাকে আমিই অনন্ত জীবনের রহস্য জানাব,

নিভৃত হৃদয়ে একাকী।

"কখন আর কীভাবে?" —প্রশ্ন করলেন যিশুর বন্ধু।

যিশু বললেন,

একাকী কোনও রাতে, পর্বতে, সাগরে, জঙ্গলে অথবা টিলার ধরে। আমি আসব আলো হয়ে;

আমি জোনাকিদের অপমানিত করব না;

নিশুতির ঘোর আমি কাটাব না, কাউকে ঘুম থেকে ডাকব না,

আমি নাচব কোনও এক স্রোতস্বিনীর পাশে, অথবা কোন মরুভূমিতে;

আমি নাচব সৃষ্টি হয়ে।

তুমি কীভাবে নাচবে? —আবারও প্রশ্ন করলেন যিশুর বন্ধু।

আমি নাচব, যে নাচ আমি ক্রুশ মঞ্চে নাচব; আমি তোমার হৃদয় জটায় ফেঁসে থাকা শুয়োপোকা, যে প্রজাপতি হয়ে উড়তে চায়।

আমি গৃহত্যাগের গুহ্য স্বপ্ন, আমি ছুটে বেরোনোর ইচ্ছা!
আমি নাচব জীবন হয়ে, নাচব পৃথিবীতে —
পৃথিবীকে অমরত্ব দিতে।", বললেন যিশু।

তোমার পায়ে এরা বেড়ি পরাবে,
তোমার সাধনাকে এরা বাঁদর নাচ বানাবে।
ঈশ্বরপুত্র শেষে মাদারীর বাঁদরে পরিবর্তিত না তো! —বললেন যিশুর বন্ধু।

যিশু বললেন,

আমায় উপহাসে সে আমাকেই হৃদয়ে টানবে নিজের নিঃশ্বাসে। আমি মাদারীর স্তুতি হব প্রতি প্রশ্বাসে।

যে আমায় যেভাবে নাচাবে, আমি নাচব।
আমি লুটিয়ে পড়ে হাসতে জানি।
ব্যথার দীর্ঘশ্বাসে আমি বাঁশি বাজাতে জানি—
যে মাদারী বাঁদর বানাতে পারে আমি তাঁর হতেই বাঁদর হব। তার কাছেই বাঁদর নাচ নাচব।

যিশুর বন্ধু বললেন,
বন্ধু! দালালের হতে তুমি সেই ভাবে ভেঙে যাবে যেমন ঘুম থেকে উঠে স্বপ্ন ভেঙে।

তুমি এখনও দালালি করনি, আর দেখওনি তাই তুমি আমার কথা বুঝবে না।

যিশু বললেন,
তুমি এখনও আমার ধর্মধ্বজ দেখনি,
দেখনি স্বর্গীয় বাতাসে সেই পতাকার দুলুনি,
বিশ্বাস কর,
যেদিন আমি সেই পতাকা টাঙাব তার ছায়ায় মিশরের পিরামিড ঢেকে যাবে, রোমান সাম্রাজ্যের থেকেও আমার পতাকা দণ্ড উচুঁ হবে।

দালালের হতে সাম্রাজ্য তৈরি হয়,

তুমি কি নিশ্চয়তা দেবে যে একদিন কোনও সাম্রাজ্যবাদের দালাল নিজের সাম্রাজ্য বিস্তারে তোমার পতাকা হাতে নেবে না।

ভালবাসা এই গ্রহে বিক্রি হয় আর তরোয়ালের হিংস্রতা ঢাকতে এর অনেক ব্যবহার আছে।

মানুষ তরোয়াল তৈরির আগেই খাপ তৈরিতে পারদর্শী,
যার তরোয়াল যত হিংস্র তার খাপ তত মজবুদ হয়।

দালালেরা তোমার ধর্মধ্বজ ছিঁড়ে ছিঁড়ে তরোয়াল খাপ বানাবে, আর রপ্তানী করবে দেশে, দেশান্তরে।", বললেন যিশুর বন্ধু।

যিশু বললেন,
"জীবনের তাগিদে আমি নেই, না আছি মিটে যাওয়ার ব্যাকুলতায়,
যদিও আমার প্রতীকী বিকার পেতে পারে,
যদি তরোয়ালের খাপে আমার নাম থাকে, কিন্তু আকাশে ওড়া ধোঁয়া যেমন ভাবে তারাদের ছুঁতে পারে না তেমন আমিও অস্পৃশ্য হব—
যাকে ছোঁয়া যাবে না,
কিন্তু আমিই আকাশ,
যা আকাশে আর এখন আমাদের মাঝখানে,
আমি অস্তিত্বহীন নই বরং সব অস্তিত্বের অবস্থান তাৎপর্য।
তাই শব্দে আমার নাম নেওয়া গেলেও, শব্দে আমায় ছোঁয়া যায় না।

যিশুর বন্ধু বললেন,
দালালের দালালীতে তুমি হয়তো হেরে যাবে।

যিশু উত্তর দিলেন,
হয়তো সে হারে, যে জিততে চায়।

জানো, বন্ধু, জিততে চাওয়ার মধ্যে কোথায় একটা পৈশাচিক আহ্বান আছে। আমি বলছি না হারকে সবসময় নির্দন্ধে মেনে নিতে অথবা হারকেই নৈতিকতা বানিয়ে এগিয়ে চলতে।

কিন্তু, তুমি কি কোনও শর্ত ছাড়া বলতে পারবে হার আর জিতের মধ্যে কোনটি শ্রেয়।

যে মানুষ জিততে চাইছে,

সে কি জিজ্ঞাসা করেছে কখনও নিজেকে—

কেন সে জিততে চায়? কীসের থেকে জিততে চায়।

আমি এই পৃথিবীকে কাছ থেকে দেখেছি,

যারা জিততে চায় তারা প্রায়শই কুয়ো ছেড়ে খাদে ঝাঁপায়।

এই পৃথিবীতে আমি উড়ন্ত, তাই আমি ওড়ার কথা বলি। তুমি আমায় ঝঁপের কথায় ভোলাবে ভাবছ? পারবে না।

যিশুর বন্ধু বললেন,

যখন তুমি উড়ন্ত তখন নিশ্চয় অনেক গিরিখাত দেখেছ!

দেখেছ সে সবের গভীরতা আর কয়েক সময়ের নিচ্ছিদ্র অন্ধকার।

হে অমৃতের পাখি, তুমি কি এতটাই ওপর দিয়ে উড়ছিলে যে মৃত্যুর চিৎকার শুনতে পাওনি।

অনির্বচনীয় সত্যের প্রলাপ তোমার শোভা পায় না, কারণ তোমার পিতা স্বয়ং বাক্য।

আমি তোমায় ভোলাচ্ছি না, বন্ধু, তবে যদি তুমি বাজারে দাঁড়াও তবে বাজার তোমাকে বাজারি বানাবে।"

যিশু বললেন,

যে বাজার আমায় বাজারি বানাবে সেই বাজারকে আমি স্বর্গ বানাব,

যে বাজার আমাকে বাজারি বানাবে তারা তো কমপক্ষে আমাকে গ্রহণ করবে। যেখানে পুত্র অবস্থিত পিতা সেখনে অধিষ্ঠিতৃ

হঠাৎ করেই যিশুকে থামিয়ে দিয়ে যিশুর বন্ধু বললেন,

তুমি এখনও সেই পরিবেশের উপলব্ধি করতে পারনি;

এবার যিশু তৎক্ষণাৎ বন্ধুকে থামিয়ে বললেন,
এমন কোন বাজার কি আছে যে বাজারে কেউ নিঃশ্বাস নেয় না আর প্রশ্বাস ছাড়ে না;
যেখানে সামান্য সম্ভাবনা আছে; সেখানে অন্তত সম্ভাবনা তো আছে;
মনে রেখো বন্ধু, প্রতি সাধুর অতীত আছে এবং প্রত্যেক পাপীর ভবিষ্যৎ।

নিরামিষাশী নেকড়ে

যিশুর বন্ধু বললেন,

সাক্ষী রতের সেই সমস্ত তারা,

যারা এই পৃথিবীর ব্যর্থ কান্না শুনেছে;

সাক্ষী এই পৃথিবীর আকর্ষণ,

যে আদর করে প্রতি ফোঁটা অশ্রুকে নিজের কোলে টেনেছে, আর যখন মানুষের গলা ফাঁসে ঝুলেছে তখন যে নির্মমতায় মানুষের পা টেনে ঘাড় ভেঙেছে।

কেউ সরল নয়— সরলতা একধরনের উদ্বর্তন কলা, যা দুর্বলেরা ব্যবহার করে অপেক্ষাকৃত শক্তিশালীদের কাছে নিজের হিংস্রতা লুকাতে।

তুমি যাদের ভেড়া বল আমি তাদের বলি নিরামিষাশী নেকড়ে।

সহস্র শতাব্দী ধরে আমি হেঁটেছি রণে, বনে, জনে, জঙ্গলে, কখনও জীবনে, কখনও মৃত্যুতে;

জীবনের অধিকারে আমি জীবনকে দেখেছি মৃত্যুকে আলিঙ্গন করতে।

আর, শুনেছি সেই পৈশাচিক হাসি, যা শুনলে বড় ঘুম পায়।

আমি সূর্যের অহঙ্কারে জলকে আকাশে উড়তে দেখেছি আর কামনার তাড়নায় দেখেছি মেঘকে পৃথিবীতে আঁচড়ে পড়তে।

পৃথিবীতে সবই লেনদেন আর সরলতা এখানে ছাড় পাওয়ার কৌশল।

যিশু বললেন,

আমি চতুরতায় চাতুর্য হব—

আমি আর আমার স্বর্গস্থ পিতা এক,

আমি বলেছিলাম, আব্রাহামের আগেও আমি ছিলাম;

আমি আবারও বলছি আমি আদমের থেকেও আদিম আর মহাপ্রলয়ের থেকেও নবীন;

যদি এই নিরামিষাশী নেকড়েরা, কিছু চায় তবে তাদের চাওয়া আমার মাংস হোক— আমি যিশু, আমিই তাদের খাবার হব।

যদি এখন আমাকে প্রার্থনা করতেই হয়, তবে আমার প্রার্থনা এই হোক, আমার রক্ত মদিরা হোক আর ছড়িয়ে পড়ুক বিশ্ববাসীর পান পাত্রে।

আমি শুনেছি, যে যেমন খায় সে তেমন হয়ে যায়। আমার রক্তের মদে— বিশ্ববাসী মাতাল হোক।

তাদের মাতলামিতে আমার স্বর্গের পিতা পানশালায় নামুন, আমাকে যদি এখন কিছু হতেই হয় তবে আমি মদ হব।

যিশুর বন্ধু বললেন,

তোমার মতো মদের পিপাসায় এই গ্রহের মানুষেরা পানপাত্র নিয়ে বসে না। তুমি মদ হবে ঠিকই কিন্তু তেমন ভাবে নয় যেভাবে চাইছ।

মানুষ জাগতে নেশা করে না, মানুষ ঘুমাতে নেশা করে। এরা আলো ভালোবাসে না, আলোতে ঘুমের ঘোর কেটে যায়, এরা ঘুমাতে চায় আর তারই সাথে চায় ঘুমের জন্য অকাট্য যুক্তি স্বরূপে অন্ধকার।

যিশু তুমি মদ হতে গিয়ে মাতালের যুক্তি হবে, এরা যেমন ঘুমিয়েছিল ঠিক তেমন ভাবেই ঘুমাবে কিন্তু আরও অকাট্য যুক্তি নিয়ে।

তুমি যদি এদের কিছু জানতে চাও তবে হবে না;
যদি পার তবে বরং এদের ভোলাও, ভুলিয়ে দাও এদের আস্থা— বিশ্বাস— আকাঙ্ক্ষা।

যিশু বললেন,
যদি পারতাম তবে আমি তাইই করতাম,

আমিও চাই এদের ভোলাতে কিন্তু ভুলতে জানার আগে বুঝতে শিখতে হয়।

মৃত্যুর নিস্তব্ধ রাস্তাও প্রাণ—চঞ্চলতার মধ্যে দিয়ে যায় আর এগিয়েই চলে।

আমাদের জ্ঞান যখন আমরা ভুলি আমরা কালচক্র ভেঙে এগিয়ে যাই আদমেরও আদিমে আর প্রলয়েরও নবীনে।

কিন্তু, যদি জ্ঞান ভুলতে হয় তবে জ্ঞানের থেকেই শুরু করতে হয়, আমিও জ্ঞান হব, নিষ্কলুষ জ্ঞান । কিন্তু শাস্ত্রকেও তো পুঁথি রূপে কাগজে কালি হয়ে লুটিয়ে পড়তে হয়।
আমিও কালি মাখব যেমন কালি মেখে কাগজ শাস্ত্র হয়।

যিশুর বন্ধু বললেন,
এরা কালি মাখা কাগজকেই কলঙ্কিত আগে করে।
বাকি সব কিছু পরে; অনেক অনেক পরে; এরা বীজ কুঁরে কুঁরে খায়—এদের মাঝে বনস্পতির স্বপ্ন খুব বড় উচ্চাকাঙ্ক্ষা।

যিশু বললেন,
যদি বনস্পতির স্বপ্ন উচ্চাকাঙ্ক্ষা হয়, তবে আমি না হয় অবহেলার আগাছা হব কোনও এক রাস্তার পাশে।

কোনও এক পথিক বালক মনের উদ্দীপনা হব, যে চাইবে আবারও মাঠের ধরে কিম্বা জঙ্গলের সেই রাস্তায় হাঁটতে যেখানে আমাদের দেখা হয়েছিল।

তার যৌবনে আমি শৈশবের স্মৃতি হব আর ছড়িয়ে পড়ব প্রজন্মের পর প্রজন্মে।

যিশুর বন্ধু বললেন,
মানুষের চাওয়া আর চাওয়ার সাথে ক্রমাগত তার অবস্থার বিবর্তন,

তুমি কি জান? জান মানুষেরা কীভাবে প্রতিমুহূর্তে নিজেদের অবস্থান থেকে সরে আসে? তুমি কি জানো তারা কীভাবে স্বার্থের সাথে নিজেদের অবস্থান বিক্রী করে?

যিশু বললেন,
আমি জানি তাঁদের যাযাবর স্বভাব।
আমি মানুষকে যাযাবর হিসাবেই চিনি;

এরা দল বানায় কোথাও আটকে থাকতে নয় বরং কোনও দুর্গমকে সুগম করতে, কোনো না দেখাকে দেখতে, কোনো না ছোঁয়াকে ছুঁতে।

মানুষর চুরি থেকে তীর্থভ্রমণ সবই আসলে এক। মানুষের ভ্রমণ আসলে তার স্বার্থের বিবর্তন।

যখন এরা চলে তখন সঙ্গে এদের অস্তিত্বও চলে, সবাই মানুষকে পাপী বলে আমি বলি মানুষ মহান— যে ক্ষুদ্রাতিক্ষুদ্র স্বার্থেই পথ পাল্টায় সে পরমর্থের সাধনে কী না করতে পারে!

যিশুর বন্ধু বললেন,
যারা স্বার্থের সাথে নিজের অবস্থান বদলায় তাদের কীভাবে তুমি শাশ্বত যাত্রার যাত্রী বানাবে?

যিশু বললেন,
তাদের আমি শাশ্বত যাত্রী বানাব না, যারা নিজেকে স্বার্থের কারণে বদলাতে পারে, সে পারে সকল শব্দে শব্দে লুক্কায়িত পরমার্থ খুঁজতে।

তারা তো অনেক এগিয়েই আছে, তাদের শুধু দরকার একবার পথের ঝলক। আমি আগামী শুক্রবার সেই পথের ঝলক হব।

যিশুর বন্ধু বললেন,
তুমি পথ নির্দেশনা হবে ঠিক আছে,

কিন্তু সেই পথের প্রতিটি বাঁকে যেখানে বারবার শাশ্বত ঘুম ডাকাতের বেশে লুকিয়ে আছে তৎপর হয়ে— সাধন লুঠতে, সাধ্য ভোলাতে সেই অন্ধকার সাঁতসেতে রাস্তার মোড় গুলোতে কী হবে?

আমি মানছি তুমি পথনির্দেশনা হবে কিন্তু সেই পথের পিছলে যারা পিছলে পিছলে পড়বে আর নিজেদের মাজা ভাঙ্গবে তাদের কীভাবে ঠিক করবে?

লোভে যাদের মতিভ্রম হবে, আর যারা গড়ে তুলবে বিলাসবহুল পান্থশালা সেই মুক্তির পথে, তাদের মুক্তি ব্যবসা কীভাবে থামবে?

আর যদি তুমি শাশ্বত পথনির্দেশনা হও তবে কী নিশ্চয়তা আছে যে, তোমার প্রতীকের যথেচ্ছ ব্যবহারে তুমি কোথাও ভ্রান্তি হবে না!

যে ক্ষুধার্থ তোমায় দেখবে তার পার্থিব ক্ষুধার্থ চোখে, তার চোখে তুমি খাদ্য আর খাদ্যাভাবের ভেদ হবে না তো!

মুক্তির রাস্তা দেখাতে তুমি কোনও দুর্বল হৃদয়ের শক্তি আকাঙ্ক্ষা হবে না তো!

যিশু বললেন,

সেই পথের আমি কেবল ফলক নই। আমি শুধুই দিক নির্দেশনা করব না, আমার আত্মা অতখানি দুর্বল না যে ক্রুশকাঠে শেষ হবে। আমি পথের বাঁকের স্যাঁতস্যাঁতে অন্ধকারে, পথ চলার তাৎপর্য হব।

যে ডাকাতেরা ডাকাতি করবে, আমি তাদেরও সঙ্গী হব। আর, যে মুক্তির পথে পান্থশালা বানাবে আমি সেই পান্থশালার মদিরা হব।

এ কথা জেনে রেখ বন্ধু, যদি কেউ ওই পথে হাঁটতে নিজের মাজা ভাঙে— তবে আমি সেই ভাঙা হাড়ের যন্ত্রণা হব,

যদি কারও মধ্যে কিঞ্চিৎ পানেরও ক্ষমতা থাকে তবে আমি পিপাসা হব।

আমি সেই শাশ্বত আলোর পিপাসা, যাতে মানুষ চলতে চায়,
আমি সেই শাশ্বত খিদে, যা মানুষ মেটাতে চায়;
কিন্তু আমিই খাদ্য—আমিই আলো, কেউ এ পথে হাঁটতে পারে না যদি না সে আমায় খায়।

স্বয়ংক্রিয় অভিশাপ

এতক্ষণে সূর্যের আলো মোটামুটি স্পষ্ট হয়েছে, যে জেরুজালেম নগরী এতক্ষণ আড়মোড়া ভাঙছিল এখন সে উঠে বসেছে, হয়তো তাদের পার্থিব চোখ খুলেছে, আর তারই সঙ্গে জেগে উঠেছে বংশ—পরম্পরায় জেনে আসা কিছু পাটিগণিতের সূত্র।

অভাবী মানুষের কাছে বাজারই স্বর্গ— যেখানে আধিপত্যের জন্য এরা সারাদিন পরিশ্রম করে এবং রাত্রে স্বপ্ন দেখে। যারা অদক্ষতায় এই স্বর্গ থেকে পরিত্যাজ্য, তাদেরই দেখা যায় কোন দূরের পাহাড়ের পাদদেশে বসতে আর দেখা যায় কিছু গুল্মলতাকে আপন করে নিতে, যে লতাকে মানবিক সভ্যতা এখনও সভ্য করতে আসেনি।

এই হতাশার মৃত্যুপুরী— যেখানে আবার সকল দোকানীরা লাভের স্বপ্নে সুখী, সেখানে কাদের শাপমোচন করবেন প্রভু! কেউ জানে না, হয়তো প্রভু জানতে পারেন আবার নাও জানতে পারেন।

যিশু এখন পাথরের ওপরে বসে এবং যিশুর বন্ধু দাঁড়িয়ে মাটির দিকে তাকিয়ে। দুজনেই চুপচাপ। বন্ধুর আভ্যন্তরীণ স্তব্ধতার কেন্দ্রবিন্দু অনুধাবন করে যিশু বললেন,

মানুষ স্বার্থে জীবন্ত— ছুটন্ত— অভিশপ্ত।
সে ছুটতে চায়— সে বাঁচতে চায়;
কিন্তু, ছুট অথবা জীবন কোনোটিই পাপ কিংবা অভিশাপ নয়। অভিশাপ সেই স্বয়ংক্রিয় ইচ্ছা যার আবেশে মানুষ স্বার্থকে আপন করে সবকিছুকে ছেড়েছে।

যিশুর বন্ধু জিজ্ঞাসা করলেন, "মানুষের স্বার্থ কী?"

যিশু বললেন,

স্বার্থ তার সেই বোধ যা তাকে বানিয়েছে।
তার আমিত্ব;

যে বিন্দুতে তার হৃদয়ে মন অবস্থান পায়, সেই অবস্থান বিন্দুই স্বার্থ। ভালো আর মন্দের মধ্যে যে ভেদ তাকে প্রতিদিন ছুঁড়ে ফেলে আবারও কোলে তুলে নেয় —স্বার্থ তাই।

যিশুর বন্ধু জিজ্ঞাসা করলেন,
কীভাবে মানুষ স্বার্থের অনুভূতি করতে পারে?

যিশু বললেন,

যে সংকল্পের তৃপ্তিতে সে আনন্দে ভেসে যায় আর যে সংকল্পের অতৃপ্তিতে সে পৃথিবীর কোলে মাথা আঁচড়ে আঁচড়ে কাঁদে— সেই প্রবৃত্তি স্বার্থ।

আমিই মানুষের হৃদয়ে সেই তৃপ্তির ঝলক আর আঁচড়ে পড়ার টান,
আমিই কেন্দ্র— কক্ষপথ— স্থিতি— আবর্তন।
আমি সেই স্বাধীন ডানামেলা,
যে ডানায় ভর করে ভাসা যায় অশ্রুর রামধনুতে আর যাওয়া যায় গভিরে ও গহীনে।
কিন্তু, হৃদয়ের আমি, মনে থাকি না।
আমি হার্দিক, মানসিক না।
তবে, যদি কেউ হৃদয়ের গহীনে যিশুকে খুঁজতে চায় তবে সেই মনই ভরসা যাতে ভর করে তাকে এগোতে হবে নদী আর জঙ্গলের মাঝ দিয়ে।

যিশুর বন্ধু জিজ্ঞাসা করলেন,
কী সেই উপায় যার মাধ্যমে অভিশপ্ত চিনতে পারে নিজেকে? কীভাবে সে জানতে পারে নিজের অভিশাপের জ্বালা —আর মুক্তির মূল্যবোধ?

যিশু বললেন,
যন্ত্রবৎ আচরণই যন্ত্রণা।

মানুষ নিজেকে ততবার অভিশাপ দেয় যতবার সে যন্ত্রের মতো কেন্দ্রকে আবর্তন করে– কেন্দ্রে আসার ইচ্ছা ছেড়ে।
সে যতবার নিজেকে নিয়তির হাতে সঁপে কেবলই আবর্তনের পর প্রত্যাবর্তন করেছে,
সে ততবার শয়তানের কাছে আত্মা বিক্রির চুক্তি করেছে।

যিশুর বন্ধু জিজ্ঞাসা করলেন,
তখন কি হয় যখন মানুষ শয়তানের সঙ্গে আত্মা বিক্রির চুক্তি করে?
কীভাবে এই চুক্তি হয়?
এর থেকে বাঁচার কি উপায় আছে?"

যিশু বললেন,
সেই চুক্তিকে সরল ভাষায় প্রমাদ বলে।
আমি অপ্রমাদের কণ্ঠ;
আমি বাঁধতে নয়, আলগা করতে এসেছি;
যে আমায় চাইবে, আমি তাঁকে আলগা করব–
নিজের দেশ সমাজ আর পরিবার থেকে;
আমিই এই বন্ধনের মুক্তি আর আমিই বাঁধন।
পিতা আর আমি যেমন এক তেমনই আমি এক শয়তানের সঙ্গেও;
আমিই শাশ্বত পারিজাত, আমিই পরিত্যাগের পরিত্যাজ্য।

যখন কেউ হৃদয়কে ছেড়ে মনকে বুকে টানে তখন সে শয়তানকে চেনে যিশু রূপে, আর তার ধ্যান করে।
সেই ধ্যানেও আমি থাকি তবে আক্ষেপের বিক্ষেপ হয়ে।

এবার শোনো তোমার প্রশ্নের উত্তর,
যখন মানুষ গুরুত্ব দেয় মনকে হৃদয়েরও ওপরে তখন সে আমায় খোঁজে মনের বাজারে। সে আমায় ছুঁতে চায় সেই সব অনুভূতিতে যা সে অনুভব করেছে কর্তা হিসেবে। যেভাবে ইহুদীরা বাছুরকে প্রভু বানিয়েছিল

তেমনভাবেই মানুষ কাউকে না কাউকে প্রভু বানায় যা কখনোই আমি নই।

মানসিক অনুভবে প্রতিপাদ্য অনুভূতি, যিশু নয়;
আকাঙ্ক্ষার স্মৃতিতে উদ্ভূত কামনা, যিশু নয়;
আমি হৃদয়ের মর্ম ব্যথা, কিন্তু মানসিক জ্বালা নই।

যখন সে পরিচিত অনুভূতিতে আমাকে ছুঁতে পরিচিত অনুভবের সহায়তা নেয়, তখন সে ছিটকে পড়ে কেন্দ্র থেকে কক্ষে আর শয়তানকে আলিঙ্গন ক'রে আবর্তন করে আমাকে। এই আবর্তনে কখনও সে সুখ পায়, কখনও দুঃখ কখনও আমার ঝলক পায় আবার কখনও চোখে হারায়, কিন্তু আমাকে পায় না।

যে আমায় খুঁজেছে, নিজের ক্রুশে নিজেকে ঝুলিয়ে— সে সকল পরিচিত আর পরিচিতের বিপরীত অপরিচিত ছেড়ে, আমাকে পেয়েছে নিজের করে। দেখেছে তাঁর ক্রুশের ডান পাশে— আমাকে।

তবে কেন বলছ না সেই সত্যের কথা?
কেন দিচ্ছ না এদের সোজা পথ? —প্রশ্ন করলেন যিশুর বন্ধু।

যিশু বললেন,
"স্বর্গীয় বাণী প্রচার সহজলভ্য হতে পারে বন্ধু, কিন্তু স্বর্গ সহজলভ্য নয়।
আমি স্বর্গের শাশ্বত দারোয়ান;
স্বর্গ আমি অধিকারীতে ভরাব, ভিখারি দিয়ে নয়।
অধিকারের সার্থকতায়, আমায় মৌন থাকতে হবে—
কিছু সময় যদিও দেখি তারা আমায় ভুল বুঝছে, তবুও আমায় স্তব্ধ থাকতে হবে। যদি বল স্বার্থে, তবে হ্যাঁ।
দারোয়ানির স্বার্থে; দারোয়ানকে নিষ্ঠুর হতেই হবে।"

"তাহলে, মানুষ তো কখনও মানুষকে স্বয়ং অভিশাপ দেয়নি!
ঈশ্বরের অভিশাপে মানুষ অভিশপ্ত;

হে নিষ্ঠুর প্রেমিক!

কি শত্রুতা ঈশ্বরের মানুষের সঙ্গে! কি শত্রুতা ঈশ্বর পুত্র এবং আদমের সন্তানে!

যে সর্গ দ্বার মুক্ত করতে তুমি ভব সিন্ধুর পারে নোঙর ফেলতে এসেছ, হে নোঙর ফেলা নাবিক তুমি পাল তুলতে স্তব্ধ কেন! ”

— বললেন যিশুর বন্ধু।

প্রশান্ত মুখে, চোখ বন্ধ করে যিশু বললেন,
আমি জীবনের তাৎপর্য।
ঈশ্বর মানুষকে অভিশাপ দেয়নি,
ঈশ্বর একই সঙ্গে শক্তি এবং শক্তির প্রবাহ;
ঈশ্বর মানুষকে সমর্থ এবং স্বাধীনতার আশীর্বাদ দিয়েছেন। ঈশ্বরের স্বাধীনতার আশীর্বাদে মানুষ অভিশাপের প্রক্ষেপ ঘটিয়েছে।

যিশুর বন্ধু বললেন,
তাহলে, কোথায় ঈশ্বর আর কোথায় শয়তান?

যিশু বললেন,
যেখানে ঈশ্বর মানুষের দায়ে উপাস্য হয়েছেন মানবিক তাগিদে;
শয়তান সেখানে, স্বাধীনতার অভিশাপ যেখানে— মানবিকতা স্বয়ং অভিশাপ সেখানে।

যিশুর বন্ধু বললেন,
স্বাধীনতার অভিশাপ! একটু বুঝিয়ে বল।

যিশু বললেন,
মানুষের সমস্ত কাজ সরল পথে চলে না বরং বৃত্তাকারে ঘোরে,
সেই ঘূর্ণনের কেন্দ্রবিন্দু শান্ত— শাশ্বত, ঈশ্বর সেখানে,

কিন্তু, যদিও ঈশ্বর কেন্দ্রে তবুও তিনি শুধু কেন্দ্রেই নন, তিনি ঘূর্ণনের বেগ ও গতিপথ।

তবে, গতিপথ অথবা গতি কোনোটিই তিনি নন।

তিনি দাঁড়িয়ে আছেন, তাই এই অতল দাঁড়িয়ে আছে– তিনি আছেন তাই স্বেচ্ছা বেঁচে আছে।

কক্ষপথে ঘুরতে ঘুরতে যে কেন্দ্রে তাকায়নি, সে নিজেকে অভিশাপ নিজেই দিয়েছে, আর কোলে উঠেছে শয়তানের।

যিশুর বন্ধু বললেন,
ঈশ্বরের স্থিতিশীলতায় আর শয়তানের ঘূর্ণনে, কোথায় যিশু?

যিশু বললেন,
আমি তন্দ্রা হয়ে ভ্রান্ত করি, ক্ষুধা হয়ে চঞ্চল, শক্তি হয়ে স্থির।
আমিই জগদীশ্বর।

যিশু পাথরের উপর সেভাবেই বসে থাকলেন যেভাবে তিনি এতক্ষণ বসে ছিলেন,

যিশুর বন্ধুর ইচ্ছা হল এখনই যেন সে যিশুর পায়ে লুটিয়ে পড়ে, কিন্তু কর্তব্য নির্বাহের নিমিত্তে তাকে এখনও শক্ত হয়ে দাঁড়াতে হবে।

তার মানে হল, যিশু স্বর্গ এবং স্বর্গস্থ পিতার থেকেও বড়;
যিশু ঈশ্বরপুত্র নন বরং তিনি যেন ঈশ্বরের নিমিত্তে পিতৃত্ব প্রসব করেছেন। যিশু যেন সেই আদি মাতা, ঈশ্বর তার গর্ভজাত।

মেরুদণ্ড

প্রচণ্ড রোমাঞ্চে যিশুর বন্ধুর দৃষ্টি ঝাপসা হয়ে এল। জল ছলছলে ঝাপসা চোখেই হয়তো প্রভুকে চেনা যায়; তাই—ই হয়তো শয়তান পৃথিবীর আকর্ষ শক্তি হয়ে চোখ থেকে অশ্রু টেনে দৃষ্টিকে স্বচ্ছ আর বৈশ্বিক করে তোলে।

সেই স্বচ্ছ চোখ যে প্রভুকে দেখেও দেখতে পায় না;

কিংবা অন্য কিছু।

যিশু তেমন ভাবেই বসে থাকলেন তিনি যেমন ভাবে বসে ছিলেন, যিশুর বন্ধু বাহ্যিক দৃষ্টিতে দাঁড়িয়ে থাকলেও আসলে কোথাও একটা লুটিয়ে পড়েছিলেন। আবারও লুটিয়ে পড়া নিজেকে কোনোমতে কিছুটা গুটিয়ে, তুলে ধরে যিশুর বন্ধু ঈষৎ কাঁপা কাঁপা গলায় বললেন,

বন্ধু! এই উদভ্রান্তের মহামিছিলকে, নেতৃত্ব দাও,
এদের করুণা করো, এরা পঙ্গু, এদের বাঁচাও।
নিজে দায় মুক্ত হয়ে, কোটি কোটি নরনারীকে অদৃষ্টের দায়ে বেঁধে ছুটি নিও না।

যিশু বললেন,

কোটি কোটি হৃদয়ের স্পন্দনে আমি থেকে যাব,
আমি থেকে যাব; সৌন্দর্য হয়ে– কখনও কখনও আমি অকারণে প্রতিষ্ঠিত হব আবার কখনও অনুপস্থিতির মাধ্যমে নিজে উপস্থিতির মহা—হাহাকার তুলব।
আমি নসরতের যিশু, আমিই শৃঙ্গার হব।

যিশুর বন্ধু বললেন,

আর ঈর্ষা!
তুমি কি সেই ঈর্ষা হবে না, যে ঈর্ষায় মানুষের মন সন্দেহে ভরবে?

সেই সন্দেহ অবকাশার্থে তুমিই কি হানাহানি হবে না, যা মানুষকে ভাগ করবে আর করেই যাবে, পৃথিবীর শেষ দিন পর্যন্ত।

যিশু বললেন,

আমি অনুপস্থিতায় মানুষের মর্ম হব,
আমি মানুষের কাছে সেই সংখ্যা হব, যা দিয়ে সে পৃথিবীর শেষ দিন মাপবে। আমি যতটা পৃথিবীর স্পন্দন ততটাই জাগতিক,
তাই আমিই সকল পার্থিবের অন্তিম জিজ্ঞাসা হব।

যিশুর বন্ধু বললেন,

মানুষের জিজ্ঞাসা ক্রমাগত বদলায়। মানুষ স্বার্থে জীবন্ত, আর স্বার্থের বিবর্তন বারবার মানুষের জিজ্ঞাসা পরিবর্তন করায়।

এই সমস্ত স্বার্থান্বেষী পশুদের জিজ্ঞাসা যদিও তুমি হও, তবে তা কতক্ষণের জন্য হবে!

যিশু বললেন,

আমি জিজ্ঞাসা প্রতিপাদ্য বিষয় হয়তো হব না, কিন্তু বারবার আমি জিজ্ঞাসা হব।

মানুষের স্বার্থের পরিবর্তন বারবার তার জিজ্ঞাসার প্রতিপাদ্য বিষয় বদলে দিতে পারে; কিন্তু জিজ্ঞাসা স্বয়ং অস্তিত্বশীল। কোন প্রকার আক্ষেপ বা বিক্ষেপে জিজ্ঞাসা প্রতিপাদ্য বিষয় বদলাতে পারে, কিন্তু জিজ্ঞাসা শাশ্বত।

আমি শাশ্বত— আমি জিজ্ঞাসা— আমি প্রতিপদের প্রতিপাদ্য।

যিশুর বন্ধু বললেন,

মানুষের জিজ্ঞাসা শাশ্বত, একথা আমি মানছি।
আমি তাত্ত্বিকভাবে বুঝেও নিলাম, যে যিশু জিজ্ঞাসার বিষয় নয় বরং সে স্বয়ং স্মরণে জিজ্ঞাসা। কিন্তু, ব্যবহারিকভাবে পথের প্রয়োজন হয়, এখানে তুমি কীভাবে ব্যবহারিক হবে?

যিশু বললেন,

মানুষ নিজের জিজ্ঞাসায় বাড়তে চায়, তার প্রতিটি খোঁজে সে নিজেকে আরও বড় করে দেখতে চায়।

যদি কখনও দেখ, মানুষ মরতে চায়। তাহলে বুঝো, সে মরতে চাইছে না বরং জীবন যন্ত্রণা থেকে মুক্তি পেতে সে ছুটতে চাইছে– অনেক অনেক দূরে। তার মৃত্যু আকাঙ্ক্ষা আসলে সেই মুক্তির ঠিকানার প্রতি জিজ্ঞাসা। যে জিজ্ঞাসা তাকে কারও দরজার কড়া নাড়তে উৎসাহ দিচ্ছে।

যদি কখনও দেখ, মানুষ জীবনের পথে চলতে চলতে নিজের সকল ক্ষুদ্র স্বার্থ ভুলছে, তাহলে জেন সে কোন ক্ষুদ্র স্বার্থ ভুলছে না বরং তার জিজ্ঞাসার প্রতিপাদ্য বিষয়গুলি বদলে বদলে যাচ্ছে। আর সেই বদল তাকে ঠেলে দিচ্ছে কোনও এক না জানা পথে,
যে পথের না জানা অভিজ্ঞতার কাঁকড় পাথরেরা পথযাত্রীদের জুতোর মধ্যে ঢুকে পড়তে ব্যাকুল,
যে পথ হয়তো তাকে নিয়ে যাবে নিজের আরও কাছে।

যিশুর বন্ধু বললেন,

জিজ্ঞাসার কোন বিন্দুতে যিশু স্থিতিশীলতা পাবে?

যিশু বললেন,

আমি জিজ্ঞাসার আকাঙ্ক্ষা হব না; তাই, জিজ্ঞাসুর আকাঙ্ক্ষাও আমি হব না। আমি প্রশ্নের তাগিদ হব না; তাই প্রশ্ন কর্তার তাগিদ আমাকে ছোঁবে না।

আমি সে হব না, যে প্রশ্নের উত্তর হয়। আবার, আমি সে হব না যে প্রশ্নের উত্তর হয় না। আমি উপদেশ হব না, তাই কোন উপাসনায় আমি উপাধি পাব না।

যিশুর বন্ধু বললেন,

তাহলে তুমি কী হবে? কে হবে?

যিশু বললেন,

আমি চরাচরের মেরুদণ্ড হব;
যে প্রশ্ন উচ্চারিত হবে উত্তরের তাগিদ ছাড়া; সেখানে আমি অকারণের ছটফটানি হব। যে প্রশ্ন উপদেশ চাইবে না, সেখানে আমি উপাসনা হব।
আমি প্রশ্নের অভিমুখ হব; কিন্তু উত্তরের যাত্রাপথ হব না।
আমি প্রশ্নের মর্যাদা—মূর্ছনা হব না। আমি উত্তরের দায়— তন্দ্রা হব না।

যিশুর বন্ধু এখন যিশুর দিকে তাকালেন, স্পষ্ট বোঝা যাচ্ছে তিনি কিছু বলতে চাইছেন। কিন্তু তিনি বলতে পারছেন না,

আবেশ, মোহ, জড়তা, শ্রদ্ধা ইত্যাদি কোনও কারণে তিনি স্তব্ধ নন। তিনি স্তব্ধ শব্দের সীমানায়, এখন তিনি যিশুকে যে প্রশ্ন করতে চাইছেন সেই প্রশ্ন শব্দে তিনি ফুটিয়ে তুলতে পারছেন না। বন্ধুর হৃদয়ের অবস্থা অনুধাবন করে যিশু আবারও বলা শুরু করলেন,

যিশু বললেন,

আমি প্রশ্নের সেই অংশ হব, যে অংশকে ব্যাখ্যা করতে সমস্ত প্রশ্ন করা হয়। কিন্তু কোন প্রশ্নতেই যাকে ধরা যায় না।

আমি প্রশ্নকর্তার প্রশ্ন হব না, আমি প্রশ্ন কর্তার মন, বুদ্ধি অথবা অহংকার হব না; কিন্তু, প্রশ্নকর্তার মন এবং বুদ্ধির আধার হব, আর হব তার অহংকারের আকার।

মানুষের মনুষ্যত্ব, কিছু উত্তর পাওয়া এবং না পাওয়া প্রশ্নের সমষ্টিমাত্র। এই সমস্ত প্রশ্নই মানুষকে পশুদের থেকে আলাদা করেছে;

প্রশ্নই মানবতার মেরুদণ্ড, মানুষ এবং অন্যান্য পশুদের মধ্যে পার্থক্য কেবল জিজ্ঞাসার; মানুষের জিজ্ঞাসায় স্বর্গ জন্ম পায়।

আমিই সেই মেরুদণ্ড, যা মানুষকে মানুষ বানায়।

মুদ্রা

যিশু বললেন,

নৈসর্গিক জিজ্ঞসার তাগিদে আমি হব এবং তারই সাথে হব অভাবের পরিমাপক তথা পরিত্রাতা।

যিশুর বন্ধু জিজ্ঞাসা করলেন, কীভাবে?

যিশু বললেন,

মানুষের রকমারি অভাবে আমি ধ্রুবকতম অংশ হব। মানুষ যতদিন বেঁচে থাকবে, ততদিন সে অভাবেরই অনুভব করবে।

জেনে রেখ বন্ধু, যে মানুষ বলে তাঁর কোন অভাব নেই সেই মানুষও নিঃশ্বাস নেয়; সুতরাং অভাব ছাড়া অস্তিত্ব টেকে না। আমি সামগ্রিকের ঢাকনা— আমি শাস্ত্র-সিন্দুকের দেওয়াল হব যে বারবার কটাক্ষ করে শাস্ত্রকে শোনাবে, দেখ আমি তোমার থেকেও বড়।

যিশুর বন্ধু বললেন,

আমি বুঝলাম তুমি অভাব হবে,

কিন্তু সেই অভাব মোচনে কত কত নর নারী কতশত বিপদের মুখে নিজেদের ঠেলে দেবে। অভাব মেটাতে কত মানুষ নিজেকে বেঁচবে যত রকম ভাবে বেচা যায়। হায় বন্ধু! যদি আমিও তোমায় দেখতে পারতাম আমার চোখে দেখা গভীরতম অন্ধকার! যদি আমিও তোমায় চেনাতে পারতাম সেই সব এঁদো গলি যেখানে মানুষ নিজেকে বিক্রি করে— সেই সব অনিত্য অভাবের তাড়নায়!

হায়! আমি তো তা আর পারব না।

শেষের কথা বলতে বলতে যিশুর বন্ধু বেশ কয়েকবার দীর্ঘশ্বাস ছাড়লেন, হয়ত ক্রমবর্ধমান এবং ক্রমআবর্তনশীল অতীতের শীতলতম প্রবাহে সময়কেও চমকে যেতে হয়; যদিও সময় সর্বাবস্থায় একমাত্র

নিয়ামক তবুও এই নিয়মে অদৃষ্ট সময়কেও বেঁধে রেখেছেন কোনও এক কঠিনতম খুঁটির সাথে।

যিশু বললেন,

যদি বল যিশু কখনোই সেই সব এঁদো গলিতে হাঁটেনি; তাহলে নীরবতাই আমার উত্তর হবে।
যদি বল যিশু কখনও সেই এঁদো পথের মর্ম বোঝেনি তবে বলি,
রাতের শেষ প্রহরে আমি তাকে মরতে দেখেছি যে সকালে প্রার্থনা করতে চেয়েছিল।
বাঁচতে চাওয়া মানুষেরাও অনেক সময়েই খুব অবহেলায় নিঃশ্বাস নেয়; আমি সেই নিঃশ্বাসের শব্দ শুনেছি; আমি দেখেছি সেই অবহেলার নিঃশ্বাসই আপন গতিতে চলতে চলতে একদিন অন্তিম নিশ্বাস হয়ে যায়।

যিশুর বন্ধু বললেন,

মানুষের বাঁচা—মরা আর বাঁচতে বাঁচতে মরতে চাওয়া অথবা মৃত্যুর মুহূর্তে জীবনের আকাঙ্খা আসলে কী?

কেন সে নিজেকে খুঁজে পেতে চায় না আর চাইলেও পায় না।

যিশু বললেন,

জীবন এক খোঁজের নাম, এ যেন এক যাত্রাপথ। এ পথে কখনও পথিক পথ, কখনও সে গন্তব্য আবার কখনও আকাশে উড়ন্ত দলছুট এক ফালি মেঘ।
ধন্য তারা যারা এখনও জীবন্ত, ধন্য তারা যাদের এখনও নিঃশ্বাস চলছে, ধন্য তারা যাদের হৃদয় এখনও স্পন্দিত ।
এই শ্বাশ্বত পথে যারা এখনও নিঃশ্বাস নিচ্ছেন তারা সবাই ধন্য, আর একটুখানি জোর, বাস!”
একটুকু বলে যিশু পাথরের ওপর দাঁড়িয়ে পড়লেন আর সমগ্র জেরুজালেমের উদ্দেশ্যে প্রায় যেন চিৎকার করে বললেন,

হে আমার মৃত্যুপুরী, একটি বার তাকাও। আমি তোমাদের বলছি তোমরা ধন্য কারণ তোমরা এখনও তোমাদের পূর্বপুরুষদের মতো কালের কোলে ঘুমাওনি, তোমরা তোমাদের সেই সমস্ত অনুজদের থেকেও ভাগ্যবান যারা শেষ ঘুমে ঘুমিয়েছে।

এসো, তোমরা ছুঁতে এসো সেই পানপাত্র যা ছুঁলেই তৃষ্ণা ঘুচে যায়, আর দেখ সেই দ্রাক্ষা রসের কল, যে কল দ্রাক্ষা ছাড়াই পেয়ালা ভরিয়ে পান করায়।

সকালের আলো এবং আমেজ দুটোই জেরুজালেমের ওপরে আঁচড়ে পড়েছে, তবুও সনাতন ঘুমে আচ্ছন্ন নগরীর কানে যিশুর আহ্বান যেন পাগলের প্রলাপের মতো অগ্রাহ্য, কারণ তারা জেগে ঘুমায়।

যিশুর বন্ধু বললেন,

মানুষের জীবনে কিছু পাওয়ার আকাঙ্ক্ষা, জিজীবিষা এবং তারই সাথে শ্বাশত তৃষ্ণা মানুষকে বারংবার পৃথীবির বুকে আঁচড়ে আঁচড়ে ফেলে। যখন সে এর থেকে বাঁচতে চায় তখন সে আরও নিত্যনতুন সুযোগ পায়; যে সুযোগে ভর করে সে হাঁটতে থাকে আর হাঁটতেই থাকে কিন্তু কোনও স্তব্ধ বিন্দু পায় না;

বল বন্ধু, এই সতত পরিবর্তনশীল বাজারে তুমি কীভাবে ধ্রুবক হবে?

যিশু বললেন,

আমি বাজারে বিকব না, আমি কখনও মুদ্রা হব আবার কখনও পরিমাপ। যে এই বাজারে আসবে বেচতে আর কিনতে কেউ আমায় কিনবে না, কেউ আমায় বেচবে না। কিন্তু আমি ছাড়া সব বাজার ধ্বসে যাবে।

আমি আকাঙ্ক্ষার কাঙ্ক্ষিত বিন্দু হব। আমি কখনও টানব যে টানে জোয়ার আসবে; কখনও আমি ঠেলব যে ঠেলায় ভাটা নামবে।

জোয়ার আর ভাটায় আমি যদিও টান অথবা ঠেলা হই তবুও জেনে রেখ, বন্ধু, আমি কখনোই জল হব না। কিন্তু সকল জলাশয়ের আশ্রয় আমিই।

যিশুর বন্ধু বললেন,
লোভ আর ভয়ের সম্পর্কে তোমার অবস্থান কোথায় হবে?

যিশু বললেন,
আমি আদি হতে অনাদি পর্যন্ত অস্পৃশ্য— অকথ্য।
আমি হেলায় ফোটা ফুলের চারা, আমিই ভ্রমর আবার কখনও পরাগের বিরাগ।
যদিও সন্ধানীর চোখে আমিই অনুরাগ কিন্তু আমি অভিমানী না।
এবার তোমার প্রশ্ন আসি,
লোভে আমিই আকাঙ্ক্ষার ভিত্তি আর ভয়েও ঠিক তাই, ঠিক ততটাই।

দিনের স্পষ্ট আলোতে যিশু যেন আরও ক্রমশ আরও স্পষ্ট হয়ে উঠলেন, তার কথায় যা শুনতে পাওয়া যাচ্ছিল তা নেহাত শব্দই ছিল না। মুখের শব্দ শুধু কান পর্যন্ত যেতে পারে কিন্তু যিশু মুখ দিয়ে কিছু বলেন না। তিনি কোনও মানুষ নন বরং তিনি যেন এই সৃষ্টির হৃৎপিণ্ড, যার স্পন্দনে চরাচরের প্রাণ এখনও প্রবাহিত।

যিশুর বন্ধু ধীরে ধীরে শান্ত হতে শুরু করলেন, কারণ তিনি কোনও এক ভাবে অনুভব করেছেন— যিশু সকলেরই অন্তরের একান্ত হৃৎপিণ্ড।

মন্দির

মানুষ এবং মানবতার মধ্যে দিয়ে আধ্যাত্ম কি একটি নদীর মতো বয়ে চলে নাকি আদ্রতা হয়ে মানুষ এবং মানবতাকে পরিপুষ্ট করে এবং ঠেলে দেয় কোন এক দিকে?

ঈশ্বরের ঠেলায় মানুষ যেদিকে এগিয়ে যায় তাই—ই কি অগ্রগতি নাকি অন্য কিছু?

মানুষের বিশ্বাসে যে গল্প মানুষ বানায় সেখানেই কি ঈশ্বরের বাসস্থান নাকি তিনি অন্য কোথাও থাকেন?

আচ্ছা! ইশ্বরেরও তো বন্ধু নেই,
তাহলে তিনিও কি একাকিত্বে কাঁদেন না!

যে মানুষ ঈশ্বরকে সর্বশক্তি আরোপ করেছে সেই মানুষ কি একবারের জন্যেও ঈশ্বরকে জিজ্ঞাসা করেছে, প্রভু! তোমার দুঃখগুলো বল!

—না, হয়তো সে বলেনি।

সে বলেনি কারণ সে ভয় পায়, সে ভয় পায়।

বন্যার জলে ভাসতে ভাসতে যখন কোনও ব্যক্তি কিছু একটা ভেসে চলার অবলম্বন পায় তখন সে যেভাবে সেই অবলম্বনের বৈশিষ্ট্য খুঁজতে যায় না একমাত্র জীবন বাসনা বাদে; তেমন ভাবেই সভ্যতা— মানবতা ইত্যাদিও বয়ে চলে অদৃষ্টের কোলে মাথা রেখে, যে অদৃষ্টকেই কখনও কখনও সে ঈশ্বর বলে চেনে।

যে মানুষ নিজেকে কেন্দ্র আর চরাচরকে ঈশ্বর বলে কল্পনা করেই নিয়েছে সে তো অবশ্যই সেই সব কিছু যা তার ঈশ্বর ধারনার বিপরীত, সেই সব থেকেই ততটা দূরত্ব বাড়াবে যতটা একজন সাধারণ মানুষ বিষাক্ত সাপ থেকে।

কিন্তু মানুষের মানবতা তো প্রকৃত পক্ষে ভোগকেন্দ্রিক;

মানুষ নিজ ভোগ্য আকাঙ্ক্ষার প্রতিফলন হিসাবেই মানবতার জন্ম দেয়,

আসলেই তো মানবতার মূল মন্ত্র— ভোগ কর এবং করতে দাও। তবে ততখানি ভোগ কর যাতে অপরের ভোগে টান না পড়ে, আর এই মানবতাই সমাজের জননী এবং রাষ্ট্রের মাতামহী। যখন কোনও একজনের বা একটি সমষ্টির ভোগ তীব্রতর হয় যাতে অপর ব্যাক্তি বা শ্রেনীর ভোগে ঘাটতি পড়ে তখনই দুর্বলেরা সেই ঘটনাকে বলে পাপ বা শোষণ এবং শক্তিমানেরা বলে পুরুষার্থ।

বল, যিশু, এই শীর্ণ মানব—ভিত্তির ওপর তুমি কোন দৈব প্রাসাদ বানাবে? আর যদিও কোনও প্রাসাদ বানাও তবে সেই প্রাসাদের গাঁথুনি কী দিয়ে দেবে! দুর্বলের পাপবোধে নাকি শক্তিমনের পুরুষার্থে?
—বললেন যিশুর বন্ধু।

যিশু বললেন,
আমি প্রয়োজনে ভিখারীর ঝুলি হব আর বৈষয়িকের বিষয় তাড়না;
প্রাথমিক ভাবে আমি তা—ই হব যা কেউ চাইবে,
তারপর আমি তা—ই হব যে যা দেখবে, আর শেষে আমি আমিই হব—স্বর্গের এক দমকা হাওয়া।

যিশুর বন্ধু আকুল কণ্ঠে জিজ্ঞাসা করলেন, কীভাবে?

যিশু বললেন,
আবেগী পথিকের পান্থশালা আমি নই
তাই নিস্তারের ছায়ায় আমি বাপ্তিস্ম দেব না।
আমি প্রকৃতিকে আরও প্রকৃতিস্থ করব আর ততক্ষণ করব যতক্ষণ না স্বর্গ পৃথিবীতে আসে আর স্বর্গ মেশে পৃথিবীতে।
আমি প্রবৃত্ত বিশ্বে নিবৃত্ত নিঃশ্বাস হব,
আমি অখণ্ড বিশ্বে পরিচালনার বিভক্তি হব,
আমি পাশবিক হৃদয়ে মানবিক সংকোচ হব,
আমি যুদ্ধের ময়দানে অন্তিমের শান্তি হব,

আমি নমস্কারন্তে সন্মান এবং শুরুর বিনয় হব,
আমি কঠিনের হৃদয় লাবণ্য হব,
আমি সিন্দুকের ধরিত্রী হব,
আমি বৃত্তিরূপে পোষক হব,
আমি বুদ্ধির চলনে স্মৃতি হব,
আমি ক্ষুধার্তের দয়ায় কখনও অভুক্ত আবার কখনও সর্ব আহারগ্রাসি হব,
আমি ক্লান্তির হরণে তুষ্টি হব,
আমি স্বর্গের জননী হব,
আমি লোভের আতুরে ভ্রান্তির ধুপ হব,
সতত চেতনায় আমি তুমি হব, আমি তুমি হব, আমি তুমি হব।
আর তখনই আমি মন্দির হব।

যিশুর বন্ধু বললেন, "সেই মন্দিরে কার কার প্রবেশাধিকার থাকবে, বন্ধু?

যিশু বললেন,

আপন প্রভূকে যারা সন্দেহ করবে না, প্রত্যেকেই সেই মন্দিরে প্রবেশ পাবে।

যিশুর এই উত্তরে তাঁর বন্ধু বিদ্রুপের অট্টহাসি হাসতে শুরু করলেন। তিনি হাসতে হাসতে বললেন, "কী বলো! তুমিও শেষে বিপ্লবকে বিশ্বাসের কাছে বিক্রি করবে? তাহলে তোমার মন্দির কাদের! সত্যের নিরীক্ষকের নাকি বিশ্বাস পরীক্ষকদের?"

যিশু শান্ত ভাবে বললেন,

যিশু বিশ্বাসের বিষয় না বরং ভরসার;
আমি আস্থার ভরসা হয়ে অস্তিত্ত্বের কামনা; আমিই কাম্য— কামী— কামুকি। আবার আমিই মুক্তির দায়ে মুক্ত ভক্তি, আমি কৈবল্য সঞ্চারী সঞ্চার প্রণালী; আমি জীবন ধাক্কা, আমিই মৃতু টান।

জীবনের পথে হাঁটতে হাঁটতে যে নিজেকে জেনে নিয়ে প্রভুকে চিনে নেবে— সে ভরসা এবং বিশ্বাসের পারে, আমি সেই সাধকের সাধন সঙ্গী হব আর এই মন্দির ঘুরিয়ে ঘুরিয়ে দেখাব;

তারপর যখন আমরা দুজনেই ঘুরতে ঘুরতে ক্লান্ত হব তখন আমি সে হব আর সে আমি হবে; তখনই আমরা প্রভুকে দেখব আপন হৃদয় বেদীতে।

যদিও সেখানে অমরা দুজনে থাকব তবুও দুটি হৃদয় থাকবে না; আমাদের দুজনের নিঃশ্বাসে একটি হৃদয়ই পুষ্ট হবে— একটি হৃদয়ই স্পন্দিত হবে।

সেই স্পন্দনের প্রতিটি কম্পনে বারবার রোমাঞ্চিত হওয়াকেই আমি ভরসা বলি; যা বিশ্বাসের সাথে অতুলনীয়।

জেনে রেখ, বন্ধু,

সন্দেহের জাল কখনোই বিশ্বাসের ধারে কাটেনি, বরং কেটেছে ভরসায় উদ্ভুত অবহেলায়।

সদ্য জাগ্রত গৃহবধূ

যিশুর বন্ধু বললেন,

সমষ্টির পরিচালকেরা যতবার সত্য জেনেছে ততবার তারা সত্যকে নিজের মুষ্টিবদ্ধ করেছে,

সমাজপতিদের এই মুষ্টিবদ্ধের প্রবৃত্তি বহু প্রাচীন,
কেউ সত্য লুকিয়েছে ক্ষুদ্র স্বার্থে আর কেউ বৃহৎ স্বার্থে; কিন্তু, দুজনেই সত্য লুকিয়েছে এবং অনিবার্যভাবে স্বার্থের কারণেই লুকিয়েছে। সমাজে স্বার্থ শাশ্বত তাই সমাজপতিদের সেই আচরণও যথার্থ,

কিন্তু যেখানে সৎ এবং অসৎ দুজনেই সত্য লুকাতে তৎপর সেখানে যিশু কীভাবে ভবিষ্যতের অনাগতদের হতে নিজেকে যথার্থ ভাবে তুলে ধরবে?

যিশু বললেন,

আমি গোপনীয়ের গুহ্যতা হব,
যে ক্ষুদ্র স্বার্থে আমাকে লুকোবে আমি তার গোপনীয়তার ছটফটানি হব—

যে বৃহৎ স্বার্থে আমাকে লুকোবে আমি তার স্বার্থে পরমার্থের চিহ্ন হব। আমাকে লুকানো অতটাও সহজ নয়, কারও না কারও অস্বস্তি আর কারও না কারও প্রশান্তিতে আমি থেকে যাব।

যিশুর বন্ধু বললেন,

কখনও কখনও আবেগী ধূপে আবার কখনও বিবাগী বৈরাগ্যে— মানুষ সবসময়ই একান্তে কাঁদতে চায়।

যদি তুমি সমাজপতিদের কৃতাঞ্জলীপুটে লুকোচুরি খেলতেই মগ্ন হয়ে যাও তবে তার কী হবে, যে তোমায় চেয়েছিল কিন্তু বিধাতা যাকে নিয়ম ভাঙার সামর্থ্য দেননি?

যিশু বললেন,

যে নিয়মে বাঁধা মানুষ বাঁধন কাটতে অসমর্থ, অথচ আমায় চায়, জেনে রেখ আমি তারও সহোদর,
আমি এই ত্রিলোকে একমাত্র সহোদর যে অন্তিম নিঃশ্বাস পর্যন্ত সঙ্গ দেবে, হৃদয়ে স্পন্দন রূপে।

আগত আর অনাগত কালে আমিই বিবেক; আমিই ঘুম পাড়াব এবং তুলব, আমিই রাজ্যবিস্তারের নিমিত্তে রক্তের স্রোত হব; আবার শাস্ত্রীয় আবেগে কালি হয়ে কাগজের বুকে ঝরে ঝরে পড়ে কলঙ্ক বিলাসী হব।

কখনও আমিই ব্যবস্থা আবার কখনও ব্যবস্থাপনার বিক্ষেপ, কখনও আমি রাজার প্রলাপ আবার ভিখারীর আক্ষেপ।

যেখানে ব্যবস্থাপনা আঁকড়ে ধরবে আমিই সেখানে শিথিলতার ত্রাস আর যেখানে অব্যবস্থায় ছারখার হবে আমিই সেখানের সভ্যতা উদ্ঘোষ।

যিশুর বন্ধু বললেন,

আমি তোমার কথা বুঝতে পারছি কিন্তু তুমি বুঝতে পারছ কিনা আমি বুঝতে পারছি না।

আমি জানি তুমি সত্য; তুমি নিরবয়ব সত্য, কিন্তু আমার কথা বোঝার চেষ্টা করো;
তুমি যদি ঈশ্বর পুত্র হও তবে আমিও ইতিহাসের স্পন্দন; আমি পৃথিবীর সমস্ত গল্প শুনেছি;
কিন্তু কেন জানি না তোমায় বোঝাতে পারছি না!

বন্ধুকে উত্তেজিত ভাবে বিষাদগ্রস্ত দেখে যিশু বন্ধুকে শান্ত করার ভঙ্গিমায় বললেন,

আমি তোমার সব কথা শুনব আর বুঝব কিন্তু তুমি উত্তেজিত হ'য়ো না।

এই কথা বলে যিশু বন্ধুকে পাথরের ওপরে বসালেন। যিশু তার বন্ধুর চোখের দিকে তাকালেন, যিশু দেখলেন তার বন্ধুর চোখ দুটি ঈষৎ ভেজা আর তারই সাথে লক্ষ করলেন বন্ধুর চোখের পাশের পীড়া—মলীন

চামড়া। যিশু জানেন, তার এই বন্ধুটি অনেক কিছু দেখেছেন অথবা এমনও বলা যেতে পারে— সে দেখেনি এমন কিছু এই চরাচরে থাকতে পারে না। বন্ধুর মনের আভ্যন্তরীণ ভাবের অনুধাবন করে যিশু বললেন,

তুমি হয়তো আমাকে এটা বলতে চাইছ যে, আমি সামাজিক কূটনীতি বুঝি না, যে সমাজের প্রতিটি মানুষকে আমি মুক্ত করতে নিজের জীবন উৎসর্গ করতে চলেছি সেই মানুষেরা হয়তো কখনও আমাকে বুঝবেই না। অথবা আমি হয়তো সমাজপতিদের রক্ষণশীলা কুলবধুতে পরিণত হব! — কি তাই তো?

যিশুর বন্ধু খানিক উদভ্রান্তের মতো বসে ছিল এতক্ষণ। যিশুর প্রশ্নে এবার তার হুশ ফিরল, হুস ফেরার পর তার মুখ দিয়ে একটা অস্ফুট শব্দ বেরোল, তিনি বললেন, "তুমি অনেকটাই ঠিক ধরেছ। এবার দয়া করে সেই উত্তর দাও যা আমি শুনতে চাইছি কিন্তু তোমাকে সঠিক ভাবে জিজ্ঞাসা করতে পারছি না।

যিশু বললেন,

বন্ধু, সেই সময়ের কথা মনে আছে যখন মানুষ সমাজ বেঁধেছিল; যখন মানুষ নিজেকে আরও বড় করতে চেয়েছিল আপন স্বার্থের বৃহদিকরণে— আমি জানি না তোমার মনে আছে কিনা কিন্তু আমার মনে আছে।

মানুষের সেই প্রথম আত্মহত্যারও আমি সাক্ষী; আমি পুরহিতের কুঠুরীর দেওয়াল, প্রতি অন্ধকার রাত্রেই আমি সজাগ হয়ে সাক্ষী থেকেছি সমস্ত পুরোহিতদের নিশিযাপনের, আর থাকবও। মানবতার আদি থেকে অন্ত পর্যন্ত আমি সবই দেখেছি; আমি সতেরও আত্মা আর সঠেরও।

যিশুর বন্ধু যেন কিছুটা অস্বস্তির সঙ্গে যিশুর কথাগুলি নিজের এক কান দিয়ে ঢুকিয়ে অন্য কান দিয়ে বের করে দিচ্ছিল। যিশু কিছু একটা বুঝে বন্ধুর পাশে বসলেন। বন্ধুর কাধে হাত রেখে যিশু বললেন,

বন্ধু আমিই মানব হৃদয়ে সামাজিকতার তাগিদ,

আমি জানি না কেউ এই কথা মানবে কি মানবে না, কিন্তু! তুমি তো জান। পৃথিবী হয়তো আমাকে আমার চমৎকারে চিনবে কিন্তু তুমি তো আমাকে সেইভাবে চেনোনি, তুমি তো জানো আমরা পরস্পরে পরস্পরের অস্তিত্ত্বের সাক্ষী।

যিশুর কথায় এবার যিশুর বন্ধু ম্লান মুখে মৃদু হাসলেন, আর বললেন, "যে তোমার হেলায় অবহেলার পারে গিয়েছে তাকে এমন ভাবে লজ্জা কি না দিলেই নয়!"

যিশু এবার দাঁড়ালেন এবং আকাশের দিকে তাকিয়ে মৃদু গলায় বললেন, "আমিই চরাচরের লজ্জা বন্ধু আমিই শ্বাশ্বত লজ্জা। কখনও নিরীক্ষা কলায় আমিই গোপনীয়তার বাসনা আবার পরীক্ষকের চোখে অবমাননার ব্যর্থ গোপনীয়তা।

যখন মানুষ আমায় দেখে আমি তখনই মানবিক হই, যে যতটা পৃথিবীর তার কাছে আমি ততটাই পার্থিব। জগতের আমিই জাগতিক, স্বর্গের আমিই ঐশ্বরিক আর নরকের আমিই ত্রাস—— ত্রাস সিঞ্চক— সঞ্চারি।

না বন্ধু

যিশু বাঁধা পড়বে না, যিশু আর্তকণ্ঠের আর্তনাদ হয়ে রাতের পৃথিবীকে ঘুম থেকে তুলবে না। আগামীর আগমনী প্রত্যয়ে যিশু প্রাতরাশ বিলতে নিজের অস্তিত্বকে কোনও মহাজনের জিম্মায় বন্ধক রাখবে না।

যিশুর বন্ধু বললেন, "হে প্রভু! হে সকল আগত এবং অনাগতের একমাত্র সহোদর! যদি তুমি কারও কুলবধু না হও তবে যে বধূ কুলের শিকলে আটকে নিজের আত্মা শিথিল করে ফেলেছে তার কাছে কীভাবে তুমি মুক্তির হাওয়া পৌঁছাবে?"

বন্ধুর কথায় যিশু হালকা হাসলেন এবং বললেন,
আমি না হেঁটে ব্রহ্মাণ্ড পার করতে পারি,
আমি না ছুয়ে স্বর্গকে নরকে চোবাতে পারি আর নরককে স্বর্গে,

আমি চোখ না খুলেও সবার ভাব জানতে পারি— আমিই চরাচরের সাক্ষী। বন্ধু, আমি তোমারও সাক্ষী;

সৃষ্টি সৃজনেরও আগে, যখন আলো আর অন্ধকারের বিভেদ হয়নি— তখনও আমি ছিলাম নির্গুণ দ্রষ্টা হয়ে। আমি নক্ষত্রের সৃজন আর ধ্বংসে সমবেতভাবে একাকী থেকেছি— থাকছি— থাকব।

রাষ্ট্র—সংঘ—বিপ্লব

সামাজিকতা নিয়ে বরবারের উহ্যতা তোমার বক্তব্যের সারহীনতা আরও বাড়িয়ে দিচ্ছে, বন্ধু।— বললেন যিশুর বন্ধু।

যিশু বললেন,

আমি সমাজ নিয়ে কিছুটা উদাসীন,
আমি জানি ইতিহাস হয়তো আমার এই উদাসীনতার মর্ম বুঝবে না;
হয়তো যিশু এই কারণেই বারবার দায়ী হবে, তবুও আমি সামাজিক ভাবে উদাসীন।

যিশুর বন্ধু বললেন,

কিন্তু মানুষ যখনই এগিয়েছে— যেকোনও পথে, সে সমাজ বেঁধেছে। সমাজের শক্ত বাঁধন ছাড়া মানবিকতা কখনোই গতি পায়নি। তুমি তোমার সামাজিক ভাবনা আমায় বল।

যিশু বললেন,

তোমার এই জিজ্ঞাসার কারণ সম্ভবত দুটি।
প্রথমত, কেবল জিজ্ঞাসা আর দ্বিতীয়ত, আমায় আটকানোর কোনও এক কৌশল। ঠিক কোন্ কারণে তুমি আমায় প্রশ্ন করছ তা কি আমি জানতে পারি!

যিশুর বন্ধু বলেন,

তোমায় থামানোর থেকে বরং গলিত সীসার পেয়ালায় চুমুক বেশি উপাদেয়। না, বন্ধু, আমি তোমায় থামাব না, তবে একটা অনুরোধ আছে, যা তোমাকে রাখতেই হবে।

যিশু জিজ্ঞাসা করলেন, “কী অনুরোধ?”

যিশুর বন্ধু বললেন,

আমি আজ চলে যাব না, আমি যাব রবিবার সন্ধ্যায়। এটুকু সময় অন্তত আমায় বসতে দাও । তুমি বিশ্বাস কর আমি তোমায় আটকাব না আর না কোনও এমন উপদ্রপ করব যাতে তোমার অসুবিধা হয়; আমি শুধু সেই মুহুর্তের সাক্ষী হব, বাস্।

বন্ধুর কথা শুনে যিশু মুচকি হাসলেন এবং বললেন,
সম্রাটকে দু'মুঠো গমের ভিক্ষা কীভাবে দেব; তুমি যখন ভেবেই ফেলেছ তুমি থাকবে তখন আমি আর কী বলি, এই বিষয়ে তোমার যা ইচ্ছা আমার তাই—ই সম্মতি। আর আমি তোমাকে তোমার থাকার কারণও জিজ্ঞাসা করব না।

যিশুর বন্ধু বললেন,

ধন্যবাদ নসরতীয় ঈশ্বর তনয়,
যদিও আমি সবের সাক্ষী এবং একমাত্র সাক্ষ্যদাতা তবুও আমি এই দুটো দিন কেবল সাক্ষী হয়ে থাকতে চাই না,

আমি চাই তোমার পদচিহ্নের পাশে হাঁটতে,
আমিও তোমার ক্রুশকাঠের কোণা ধরতে চাই।
না, আমি তোমার ভার কমাতে চাই না,

বরং যখন তুমি গলগাথার পাহাড়ে উঠবে তখন আমি হয়তো চঞ্চল—চপল শিশুর মতো তোমার ক্রুশের ওপর উঠে বসব। হয়তো আমি সেদিন ততটা নিস্ক্রিয় ভাবে স্তব্ধ থাকব যতটা স্তব্ধ লাঙলের ফালের ভার।

হয়তো সেদিন আমি তোমার ক্রুশকাঠকে লাঙল বানাব, যখন তুমি নিজের পিঠে ক্রুশ নিয়ে ওই পাহাড়ে চড়বে তখন সেই চূড়ান্ত মুহূর্তে হয়তো আমার উপস্থিতিতে তুমি বলদ হবে, ক্রুশ লাঙল হবে আর আমি লাঙল ফলার ভার।

যিশু বললেন,

এবার তাহলে তুমিই বল, কী প্রয়োজন লাঙলের—কী—ই বা দরকার চাষ করার?

যিশু বলদ হতে প্রস্তুত, কিন্তু এই পৃথিবী চাষ করে তুমি কোন ফসল ফলাবে?

যিশু খুবই ঠাণ্ডা স্বরে শেষের কথাটি বললেন,

যিশুর বন্ধু তৎক্ষণাৎ যিশুর দিকে তাকালেন।

দুজনের চোখাচোখি হল আর দুজনেই অট্টহাসিতে ফেটে পড়লেন;

তারপর যিশুর বন্ধু বললেন,

বন্ধু যদি কেউ রাষ্ট্রের ভিত্তিতে তোমায় রাখতে চায়! তবে সেই রাষ্ট্র কেমন হবে?

যিশু বললেন,

যে রাষ্ট্রের প্রতিটি সঙ্ঘ নিজেকে জিতেছে;

আর পরকেও জিতেছে —

যারা আলো থেকে বাঁচতে ছায়ার দিকে ছোটেনি,

যারা অবহেলায় অন্ধকারকে আলস্য হয়ে সংক্রমিত হতে দেয়নি,

যারা অঙ্ক কষতে কষতে নিজেকে বিক্রির হিসাব করনি —

এমন সংঘের সমষ্টি যেখানে যিশুর রাষ্ট্র ঠিক সেখানে— ঠিক সেখানে।

যিশুর বন্ধু বললেন,

তোমার রাষ্ট্রের শাসক কেমন হবে?

যিশু বললেন,

আমি জানি না, সে নায়ক হবে কিনা — আমি জানি না সে শাসন করবে কিনা— আমি জানি না সে বিধান দেবে কিনা;

কিন্তু, সে হয়তো না ছুঁয়ে ধরতে জানবে। হয়তো সে নায়কের চরিত্রে থাকবে না, হয়তো সে প্রতিষ্ঠা পাবে না।

যিশুর বন্ধু বললেন,

প্রতিষ্ঠা ছাড়া কি শাসন সম্ভব?

যিশু বললেন,

যে শাসনের জন্য প্রতিষ্ঠার প্রয়োজন সেই শাসন অনন্ত জীবনের রহস্য থেকে বঞ্চিত হয়েই পরে।

যখন শাসন প্রতিষ্ঠার নিমিত্তে ব্যবস্থাপনারই স্তুতি করে তখন সভ্যতার আত্মিক উদ্দীপনা জীর্ণ হয়ে যায় আর একটি জীর্ণ আত্মা কখনোই যিশুকে ছুঁতে পারে না।

সে ছুঁতে পারে না কারণ তার প্রতিটি পদক্ষেপ প্রতিষ্ঠার দিকে, প্রতিষ্ঠার মর্যাদা অক্ষুণ্ন রাখতে প্রায়ই সে কাকভোরে ঘুম থেকে উঠলেও ভোরের পাখির ডাক শুনতে ভুলে যায়।

না বন্ধু, যে কাকভোরে ঘুম থেকে ওঠে, কিন্তু পাখির ডাক শুনতে ভুলে যায়, সেই রাজা আমার রাজা নয়।

যিশুর বন্ধু বললেন,

আচ্ছা বন্ধু, তোমার রাষ্ট্রনায়ক কি বিপ্লবী হবে?

কিছুটা বিস্ময়ের সঙ্গে যিশুর বন্ধু যিশুকে প্রশ্নটি করলেন।

বন্ধুর এই বিস্ময়সূচক প্রশ্নে যিশুর চোখে মুখে কেমন একটা ঝলমলে ভাব ধরা পড়ল। প্রশ্নটি যেন অযাচিতভাবে যিশুর আত্মাকে মারমিয়া ভাবে মৃদু স্পর্শ করল; অতঃপর জগতের প্রভু বললেন,

বিপ্লব! যিশু স্বয়ং বিপ্লব,

হ্যাঁ, যিশুর নায়ক বিপ্লবী হবে; তাকে বিপ্লবী হতেই হবে– নিত্যনৈমিত্তিক জীর্ণতাকে– সনাতন বিপ্লবের মৃদু মৃদঙ্গ শোনাতে, তাকে বিপ্লবী হতেই হবে।

সর্বহারার অবলম্বন হতে;

ব্যর্থতায় পুনরুত্থান সংকল্প হতে;

নির্বাসিতের অভিবাসন হতে;
আদম জাতকে ভালোবাসা শেখাতে— আমার নায়ককে বিপ্লবী হতেই হবে।

"আচ্ছা যিশু, তুমি কি যুদ্ধ চাও!" — কিঞ্চিৎ অস্ফুট স্বরে যিশুর বন্ধু কথাটি বললেন।

যুদ্ধ!
আচ্ছা তোমার কি মনে হয় যিশু যোদ্ধা নয়!
এই রক্তমাংসের দেহ নিজের অন্তিম সময় পর্যন্ত যুদ্ধই কি করবে না?
মানুষের হৃদয়ে প্রতিটি দুর্বল কুটুরীতে যিশু সব সময় তরোয়াল ধ'রে,
আমি মানব হৃদয়ে বিবেকের সিংহাসন, আমি সেখানে লড়ি আর লড়েই চলি,
মানুষকে মানবিক করতে— পাপীকে পূর্ণাত্মা বানাতে— লাঞ্ছিতের মর্যাদা ফেরাতে— আমিই তাগিদ, বন্ধু, আমিই তাগিদ।

সমাজে তুমি কে প্রভু? —ছলছল চোখে প্রশ্ন করলেন যিশুর বন্ধু।

যিশু বললেন,
আমি মৃত্যু লগ্নের স্তব্ধ হাসি—
আমি শেষ ঘুমের শান্ত চুম্বন,
আমি স্বপ্ন—তারায় মোড়া আকাশের অন্তিম অন্ধকার,
আমি মৃত্যু হতে জীবনের পথে মৃদু মন্দ ধিক্কার,
আমি বোজা বোজা চোখে শেষ চোখ মেলা— অন্তিম অশ্রু বিন্দু।
আমি আঁতুড় ঘরের সফল কান্না,
আমি আশা—উদাসের আবারও চাহনি,
আমি কামুকী বিরাগি উদ্দীপনা।

বাঁকা পথ

যিশুর বন্ধু বললেন,

আচ্ছা যিশু, তুমি কি কখনও ভুল করনি? অথবা কোনও দোষ? কিংবা তোমার কি কোনও আফসোস নেই?

যিশু বললেন,

আমার আফসোস আছে!

আমি জোহানের কাছে দোষী,

ওর সোজা পথের আগ্রহের প্রতি আমার নিঃশব্দ সম্মতি রাখতে হয়তো আমি ব্যর্থ হবে।

যিশুর বন্ধু বললেন,

কিন্তু ঠিক কোন কারণে তোমার এমন মনে হচ্ছে!

এখনও কি তোমার মনের গোপনে কোথাও সম্মিলিত মানবহৃদয় না ছুঁতে পারার ব্যর্থতা কুঁরে কুঁরে খাচ্ছে?

বন্ধুর কথা শুনে যিশু মুচকি হাসলেন, এবং বললেন,

না, সম্মিলিত মানবহৃদয়ে পালক সঞ্চালনার কোন ইচ্ছা আমার নেই।

সম্মিলিত মানব হৃদয় কখনও আমাকে নিতে পারবে না, আমি পালক স্পর্শ নই– আমি বজ্র স্ফুরণ;

আমার হার্দিক স্পর্শ, মানুষের কাছে মরমিয়া মর্ম আঘাত। তাই কখনোই আমি সম্মিলিতের পক্ষ নিইনি।

যিশুর বন্ধু বললেন,

যদি তুমি জান যে তুমি সমবেত মানবহৃদয়ের জন্য নও; তারপরও তোমার আত্ম দোষারোপ কি বোকামির নামান্তর নয়? নাকি তোমার এই আফসোস আসলেই তোমার কোন অজ্ঞাত হতাশা!

যিশু বললেন,
আমি জানি না।
তবে আমি জোহানকে কথা দিয়েছিলাম;

নীরবে। আমার নীরবতা তাকে সোজা পথের আশ্বাসন দিয়েছিল; হয়তো সেই সোজা পথের আশ্বাসনের প্রতি চরম দায়সারা ভাব এখনও আমায় বেদনা উস্মায় উত্তপ্ত করছে।

যিশুর বন্ধু বললেন,
আচ্ছা ঈশ্বর পুত্র! মা মেরিকে নিয়ে তোমার দুঃখ হয় না?

বন্ধুর কথা শুনে তৎক্ষণাৎ যিশুর চোখ জলে টলমল করে উঠল। কিন্তু মুহূর্তের মধ্যে তিনি নিজেকে সামলে নিলেন এবং বললেন,

না, বন্ধু, দুঃখ হয় না,
আমার জীবনের সর্বস্বটুকু মা মেরির নামেই উৎসর্গিত।
আমি স্বয়ং উৎসর্গ, আমার প্রতিটি কাজ উৎসর্গ, আমার ভাব—অভাব উৎসর্গ, আর আমার মৃত্যুও উৎসর্গ।

যিশুর বন্ধু বললেন,
কোনও সন্তান কীভাবে তার মাকে নিজের মৃত্যু উৎসর্গ করতে পারে? আর কীভাবে কোন মা সেই উৎসর্গীকৃত সন্তান—মৃত্যু গ্রহণ করতে পারে?

যিশু বললেন,
সেই মৃত্যু আমার দেহের মৃত্যু তবে আমার উৎসর্গ কেবল মৃত্যু নয়;

অংশকে পূর্ণ করতে আর খণ্ডকে অখণ্ড করতে আমার মৃত্যু কেবল এক নব অধ্যায়ের সূচনা।
আমার ধ্বংস এই কারণেই সমর্পিত কারণ সেই ধ্বংসই পুনরায় জন্ম দেবে জন্মকে।

না, বন্ধু, আমার মৃত্যু কোনও জাগতিক বৈধব্য বিধান করবে না; আমার মৃত্যু হাহাকারের রব তুলবে না; কারণ আমি আবারও আসব। আমি আবারও আসব

যেমন ভাবে আমি ছিলাম— যেমন ভাবে আমি আছি— আমি তেমন ভাবেই থাকব।

যিশুর বন্ধু বললেন,

হয়তো বছর তিরিশ আগে সেই গোয়ালে তুমি জন্মেছিলে; আবার না জন্মাতেও পার।

যারা সদ্যোজাত অবস্থায় তোমায় দেখেছিল তারা হয়তো তোমায় দেখেছিল; আবার তারা না দেখতেও পারেন।

মা মেরি হয়তো তোমায় গর্ভে ধারণ করেছিলেন; আবার তিনি না ধারণ করতেও পারেন।

হয়তো তুমি আদমেরও আদিম; হয়তো তুমি বর্তমানের সব থেকে নবীন।

হয়তো তুমি এসেছ; আবার তুমি না আসতেও পার।

হয়তো তুমি কাছে; আবার হয়তো তুমি দূর— দূর থেকেও দূর প্রত্যন্ত—নিস্তব্ধ—প্রবীর।

প্রভু,

আমি জানতাম আমি প্রবাহ; কিন্তু আমার এত স্থিতবোধ কখনও আসেনি,

আমি জানি না আমি জড়বৎ নাকি মহামৃত্যু তুল্য শীতল।

আমি নিজের মধ্যে নানা ধরনের প্রক্ষেপের অনুভব করছি। কখনও কখনও মনে হচ্ছে এ সমস্ত প্রক্ষেপ একান্ত ব্যক্তিগত আবার কখনও মনে হচ্ছে সবই নৈসর্গিক সৃষ্টিতে স্বাভাবিক অবস্থান।

আমি স্বভাব, স্বভাবজাত এবং স্বাভাবিক এই তিনের ভেদ ধীরে ধীরে ভুলে যাচ্ছি এক অভ্যন্তরীণ কোমল মৃত্যু তুল্য শীতলতা আমার অস্তিত্বকে বারংবার ভেঙেচুরে দিচ্ছে,

প্রভু, আমায় রক্ষা করো।

শেষের অংশটি বলতে বলতে যিশুর বন্ধু মুসড়ে গেলেন। এমন ভেঙে পড়ার কারণ যদি কেউ জানেন তবে হয়তো যিশুই জানেন নয়তো কেউই জানেন না।

অনন্ত জীবন এবং মহামৃত্যুর মাঝে দাঁড়িয়ে একমাত্র নিয়ামক সদাপ্রভু বন্ধুর কাঁধে হাত রাখলেন, এবং বন্ধুর কিঞ্চিৎ ভয় মগ্ন বিষণ্ন চাহনির প্রত্যুত্তরে স্মিত হাসলেন। তাঁর এই স্মিত হাসিই যেন মৃন্ময় মর্ত্তলোকের চিন্ময় বাঁধন।

যিশু বললেন,

তুমি কী চাও বন্ধু? তুমি যা চাইতে পার আমি তা দিতে প্রস্তুত তবে একটাই শর্ত তুমি যা চাইবে তোমার জন্যই চাইবে।

যিশুর বন্ধু বললেন,

প্রভু,

আমায় ঘুম থেকে জাগিয়ে তোলো— আমায় প্রবৃত্তি থেকে উপরে তোলো— আমায় জাগরণ থেকেও জাগিয়ে তোলো।

আমায় আগমন এবং প্রত্যাগমন থেকে তুলে নিয়ে সেখানে নিয়ে চলো যেখানে আর পুনরাবৃত্তি নেই। কলুর কল থেকে এই বলদের মুক্তি দাও— মুক্তি দাও— মুক্তি দাও।

যিশু বললেন,

এই কলুর থেকে কোনও বলদের মুক্তি নেই, বন্ধু। কারণ, প্রতিটি বলদ নিজেই নিজের কলুর ভাগ্য বিধাতা তথা, কর্ম প্রণেতা।

সাক্ষী সমস্ত বৈধব্যপ্রাপ্ত প্রেমিক প্রেমিকার জীবিত প্রণয় অনুরাগ আর তারই সাথে প্রত্যেক জীবের ক্ষুধা তাপ।

তবে বন্ধু যেভাবে এই কলুর অস্তিত্ব শাশ্বত ঠিক সেই ভাবেই এর অনস্তিত্বও শাশ্বত।

বন্ধন আর মুক্তি দুটিই এখানে সমার্থক শব্দ।

যিশুর বন্ধু বললেন,
বন্ধু, তুমি তাহলে প্রার্থনা নিয়ে আমায় কিছু বলো;
আমি তোমার প্রার্থনার শব্দ শুনতে চাই; তোমার মুক্তির কারণ জানতে চাই।

যিশু কেন মুক্ত? আমায় বলো।

বন্ধুর প্রশ্ন শুনে যিশু মুচকি হাসলেন এবং বললেন,
বন্ধন এবং মুক্তির সমর্থকতা আমার কাছে স্পষ্ট তাই আমি মুক্ত, আমি মুক্ত তাই আমি প্রার্থনা করি।
আমি মুক্ত তাই আমি প্রার্থনা করতে জানি,
যখন প্রার্থনা কোনও কিছুকে নিয়ে হয়;
অথবা হয় কোন কিছুর থেকে দূরে যেতে; তখন আমাদের প্রার্থনা পৃথিবীর বায়ুমণ্ডল ভেদ করে স্বর্গে উঠতে পারে না।
যে প্রার্থনাকে স্বর্গে পৌঁছাতে চায় আর তারই সঙ্গে প্রার্থনাকে স্বর্গীয় করতে; তাকে হালকা হতে হয়।

জেনে রেখ, বন্ধু, তুমি যত হালকা হবে পৃথিবীর পার্থিব টান তোমায় তত কম টানবে— আর তখনই, হ্যাঁ, তখনই তুমি তোমার প্রার্থনায় ভর করে উড়ে যাবে পৃথিবী থেকে, পৃথিবীর আকাশ বাতাস ভেদ করে স্বর্গের দিকে।

যিশুর বন্ধু জিজ্ঞাসা করলেন,
কিন্তু, কীভাবে সেই প্রার্থনা করা যায়?

যিশু বললেন,
যে ঝুঁকতে জেনেছে কিন্তু প্রবৃত্তির কাছে ঝোঁকেনি;

যে হেরেছে কিন্তু বিক্রি হয়নি;
যে প্রলাপে হেসেছে কিন্তু প্রমাদে কাঁদেনি;
—কেবল সে এই প্রার্থনার রহস্য জেনেছে। বাকিরা পেয়েছে শুধু হয়রানি, শুধু হয়রানি।

যিশুর বন্ধু বললেন,
যারা এখনও এতটা বুঝে ওঠেনি, তাদের কি কোন উপায় নেই তোমায় অনুসরণ করার?

যিশু বললেন,
আছে, যে কিছু বোঝেনি তার জন্যও পথ আছে;
যে পথে একটু হাঁটলেও মহাভয় জীর্ণ হয়— কিন্তু যদিও সেই পথ শাশ্বত তবুও এই মেষপালক ছাড়া সেই পথে কোনও মেষ চারিত হয় না।

যিশুর বন্ধু বললেন, তাহলে উপায়!

যিশু বললেন,
সব ছাড় আর এস আমার সঙ্গে, আমি তোমায় তোমার থেকে আলগা করব আর নিয়ে যাবো জন্ম—মৃত্যু—জরা থেকে বহুদূরে।

আমি জল দিয়ে নয় বরং আমার আত্মার আগুনে তোমায় দীক্ষা স্নান করাব, যদিও আমিই নিয়ামক— আমিই বিধাতা কিন্তু আমার ভেড়াদের প্রতি আমি অত্যন্ত দুর্বলভাবে যত্নশীল।

নদী

"বন্ধু, এবার আমার যাওয়ার সময় হয়ে এসেছে।", বললেন যিশু।

যিশুর এই কথায় যিশুর বন্ধুর মাথায় যেন আকাশ ভেঙে পড়ল, যদিও তিনি সবকিছু জানতেন তবুও 'যাওয়ার সময় হয়ে এসেছে' কথাটা তার জন্য অত্যন্ত ভারি ছিল। যিশুর বন্ধুর অন্তরাত্মা যেন চিৎকার করে কাঁদতে চাইল। কিন্তু তিনি কিছুই করতে পারলেন না, কিংকর্তব্যবিমূঢ়ের মতো দাঁড়িয়ে থাকা ছাড়া।

কিছুক্ষণ দুজনেই চুপচাপ দাঁড়িয়ে থাকলেন, তাদের এই একাকী অবস্থানের মাঝে বাতাস যেন একবার সমঝোতা করতে আসল কিন্তু সেও যেন নিরুপায় হয়ে ফিরে গেল।

যিশু এবার বললেন,
বন্ধু, তুমি তো এর আগেও কত কত বার আমায় বিদায় জানিয়েছ, তবে এবারের বিদায়ে এত কেন ভেঙে পড়ছ!

যিশুর বন্ধু বললেন,
হয়তো আগে কখনও নিজে দাঁড়িয়ে তোমার বিদায় সম্ভাষণ শুনিনি।

যিশু বললেন,
হতে পারে। এর আগে তো কখনও এমনভাবে প্রকটও হওনি।

এবার যিশুর বন্ধুর পরিচয় জানা দরকার, তিনি হলেন সময় স্বয়ং। সৃষ্টির আদি লগ্ন থেকে তিনি ক্রমাগত ঘুরেই গিয়েছেন, কিন্তু সেই বার তিনি কালচক্রের অধিষ্ঠান ছেড়ে পৃথিবীতে কিছু মুহূর্তের জন্য মূর্ত হয়েছিলেন।

সেই বলিপর্ব পৃথিবীতেই নয় বরং সমগ্র ব্রহ্মাণ্ডে অভূতপূর্ব ছিল, এমন এক অভূতপূর্ব ঘটনার আকস্মিকতা স্বয়ং সময়কেও নিজের কাল চক্র ছেড়ে পৃথিবীতে আবির্ভূত হতে বাধ্য করে।

"এখনও তোমার সাথে অনেক কথা বলা বাকি, এখনও এমন অনেক না ভাবা প্রশ্ন আছে যা তোমায় করা বাকি।", বললেন যিশুর বন্ধু।

যিশু বললেন,
আমি কখনও উত্তর দিতে কার্পণ্য করিনি আর করবও না। যা কিছু তোমার মনে এসেছে তুমি আমায় জিজ্ঞাসা করেছ, সেই অবস্থায় দাঁড়িয়ে যা কিছু বলার আমি তোমায় বলেছি।

আমি বলেছি কারণ সেই অবস্থায় ওই উত্তর দেওয়া আবশ্যিক ছিল, আমি আবারও আসব; বারবার আসব আর শুধু তোমার নয়, আমি সকলের প্রশ্নেই উত্তর দেব। আমিই উত্তর হব।

যিশুর বন্ধু বললেন,
কিন্তু তুমি কীভাবে আসবে? আগামী শনিবার যদি কেউ তোমার কাছ থেকে কিছু জিজ্ঞাসা করতে চায় তবে সে কীভাবে জিজ্ঞাসা করবে?

বন্ধুর কথা শুনে যিশু মৃদু হাসলেন এবং বললেন,
শুধু আগামী শনিবার কেন! সৃষ্টির আগে থেকে ধ্বংসের পরবর্তী সময় পর্যন্ত আমি থাকব। আর বন্ধু তুমি সাক্ষী, যতক্ষণ তুমি আছ ততক্ষণ আমায় করা সকল প্রশ্নের উত্তর আমি দেব।

যিশুর বন্ধু বললেন,
তাহলে বলো, তোমায় কীভাবে প্রশ্ন জিজ্ঞাসা করব?

যিশু বললেন,

আমার প্রিয় স্থানে যদি কেউ আসন পেতে আমায় ডাকে, আমি আসব।
যদি আমায় ডাক দিয়ে সে লুকিয়ে পড়ে, তবুও জেনে রেখ আমি আসব।
যদি কেউ খেলার ছলেও আমাকে ডেকে ফেলে তাহলেও আমি আসব।
কিন্তু, আমি শুধু আমার প্রিয় স্থানেই আসব অন্য কোথাও না।

যিশুর বন্ধু বললেন,
তোমার প্রিয় স্থান কোথায়, বন্ধু?

যিশু বললেন,
এই মাংসপিণ্ডে চেতনা যেখানে, আমার প্রিয় স্থান সেখানে।
পাশবিক হৃদয়ে মানবিক করুণা যে রন্ধ্রে কেঁপে ওঠে, আমার প্রিয় স্থান সেখানে।
যদি কেউ আমায় ডাকে, আমি আসব। আমি আসব উত্তর দিতে। আর উত্তর দিতে দিতে আমি সেই সকল প্রশ্ন দিয়ে যাব যে প্রশ্ন তাকে পৃথিবী থেকে স্বর্গের দিকে তুলে দেবে।

যিশুর বন্ধু বললেন,
যদি কেউ তোমায় না ডাকে, কিন্তু তার যদি তোমাকে প্রয়োজন হয়!
কেউ যদি তোমায় না চেনে, তবুও যদি তার তোমাকে প্রয়োজন হয়!
তখন তুমি কী করবে বন্ধু?
তখনও কি তুমি এগিয়ে আসবে! নাকি চুপ করে ডাকের প্রতীক্ষা করবে।

যিশু বললেন,
আমি শয়তানেরও হৃদয় কারুণ্য;
বন্ধু, আমায় না ডেকে কেউ থাকে না— আর যারা আমায় ডাকে তারা প্রায় কেউ—ই আমায় চেনে না।
মানুষ হয়তো জানে না কিন্তু বারবার সে সবকিছুতে শুধু আমাকেই খোঁজে; তার প্রতিটি জিজ্ঞাসায় একমাত্র আমি প্রতিপাদিত; তবুও কেউ আমায় চেনে না।

খোঁজ পার্থিব হোক অথবা আধ্যাত্মিক; আমিই সকল খোজের অন্তিম—অনাদি; তবুও মানুষ আমায় চেনে না।

যিশুর বন্ধু বললেন,
আমি জানি যিশু সচেতন এবং অবচেতনে একমাত্র চেতনা হয়ে অধিষ্ঠিত, কিন্তু প্রতিটি হৃদয়ে তোমার অবস্থান সম্পর্কে আমাকে বলো। প্রতিটি হৃদয়ে তুমি কীভাবে থাকো!

যিশু বললেন,
প্রতিটি হৃদয়ে আমার ঐকান্তিক বাস। যখন কেউ আমাকে ভুলে যায় বা নিজের অস্তিত্বের নির্যাসকে ভুলে যায়; তখন আমি সেখানে ফুঁপিয়ে ফুঁপিয়ে কাঁদি। আর, যখনই কেউ একবারের জন্য হলেও 'দৃষ্টি পারের দ্রষ্টা' আমাকে দেখে নেয় আমি হেসে উঠি, খিলখিলিয়ে।
বন্ধু, জেনে রেখ যিশু কখনওই কারও বিশ্বাস ভাঙেনি আর ভাঙবেও না।

যশুর বন্ধু বললেন, আচ্ছা বন্ধু তুমি মনুষের কাছে কী চাও?

যিশু বললেন,
আমি সকলকে ঈশ্বরের সন্ততি হিসাবে দেখতে চাই। আমি আমার পরিচয়ে সমস্ত মানব জাতিকে পরিচিত করাতে চাই।
না, আমি তাদের ওপর অধিকার আরোপ করতে চাই না; আমি কেবল শাশ্বত বান্ধব হতে চাই।
তাহলে এবারের মতো আমায় বিদায় দাও বন্ধু, আজ তাহলে আসি।

বিদায় মুহূর্তে যিশুর বন্ধুর অন্তর ভেঙেচুরে যাচ্ছিল তবুও তিনি কোনও মতে নিজেকে ধরে রাখলেন। তার বুকে যেন তীব্র একটা ব্যথা হচ্ছিল। এই ব্যথা হাড় ভাঙার ব্যথা নয়; হৃদয় ভাঙার ব্যথা। তিনি একবার ভাবলেন যিশুকে জড়িয়ে ধরবেন আবার তৎক্ষনাৎ ভাবলেন তার পায়ে লুটিয়ে পড়বেন কিন্তু সেই ভীষণ মুহূর্তে তিনি কিছুই করতে পারলেন না।

যিশু বললেন,
বিদায়, বন্ধু, আবারও দেখা হবে। বার বার দেখা হবে।
আসছি বন্ধু।

এই বলে যিশু সেখান থেকে প্রস্থান করলেন আর যিশুর বন্ধু পাথরের মতো নিষ্প্রাণ হয়ে দাঁড়িয়ে থাকলেন।

যিশুর বিদায় মুহূর্তে তার বন্ধু কোনও কথাই বললেন না, তিনি বলতে পারলেন না। তিনি একটি পাথরের মূর্তির মতো দাঁড়িয়ে থাকলেন আর তার দু'চোখ দিয়ে জলের ধারা বইতে থাকল। যিশু থেকে চলে যাচ্ছিলেন, তার বন্ধু সেদিকে ফিরে তাকাতেও পারলেন না। যিশু যেন নদীর মতো প্রবাহিত হলেন মোহনার দিকে আর তার বন্ধু নদীর ঘাটের মতো নীরবে দাঁড়িয়ে থাকলেন।

এই দাঁড়িয়ে থাকার নামই হয়তো ভবিতব্য।

সিংহাসন

প্রভু তো চললেন সিংহাসনের দিকে কিন্তু তার বন্ধু এই সিংহাসনকে বড় কাছ থেকে দেখেছেন।

"প্রভু হয়তো জানেন আর যেহেতু তিনিই প্রভু সেহেতু তিনি না জানলেও জানেন।" —আপন মনে বলে উঠলেন যিশুর বন্ধু।

যিশুর বন্ধু অনেকক্ষণ নিষ্প্রাণ হয়ে দাঁড়িয়েছিলেন, যখন তার হুস ফিরল, সূর্য প্রায় মধ্য গগনে। আশেপাশে কেউ নেই, আকাশে সূর্য আর মাটিতে দাঁড়িয়ে তিনি, দুজনের মাঝখানে জলপাই গাছের পাতা আর ডালপালা যিশুর বন্ধুকে অহেতুক সান্ত্বনা দেওয়ার চেষ্টা করছে।

জলপাই গাছের নিচে থাকা পাথর খণ্ডটির ওপরে এবার তিনি উঠে দাঁড়িয়ে দেখার চেষ্টা করলেন জেরুজালেম নগরীকে।

"যারা প্রার্থনায় করজোড় করতে এখনও দিক নিয়ে বিভ্রান্ত; তাদেরকে আত্মায় উপাসনা শেখানো কি সত্যিই যথাযথ" —আপন মনে যিশুর বন্ধু বললেন। তিনি আরও বলতেই থাকলেন, "যারা উদরপূর্তির জন্য সহোদর হত্যায় পিছপা হয় না; তাদেরকে আত্মার খাবার খাওয়ানো সত্যিই কি সঠিক সিদ্ধান্ত? আর যদিও এই সিদ্ধান্ত সঠিক হয় তবে এটাই কি সঠিক সময়?"

জেরুজালেম নগরীর দিকে তাকিয়ে যিশুর বন্ধু ক্রমাগত অশ্রুপাত করতে থাকলেন; হয়তো এই অশ্রুপাতের কারণ এই নগরীর অবুঝ মানুষদের মনন অবহেলা। তিনি মনে মনে ভাবতে লাগলেন, যিনি জল ছুঁয়ে মদ বানালেন তিনি কেন এদের হৃদয় ভক্তি মদে ভরালেন না; কোন কার্পণ্য দোষে নবী আপন নগরে তিরস্কৃত হলেন! যিনি মৃত্যুতে জীবন সঞ্চালন করলেন তার জন্য এই অর্ধ জাগ্রতদের ঘুম থেকে তোলা কি এতটাই কঠিন ছিল?

এমন সমস্ত কথা ভাবতে ভাবতে যিশুর বন্ধু যেন অন্তর থেকে একটি আওয়াজ শুনতে পেলেন। এই আওয়াজ খুব চেনা আওয়াজ। কিছুক্ষণ আগেও এই আওয়াজ তার পাশ থেকেই ধ্বনিত হচ্ছিল, এই আওয়াজ সদাপ্রভুর আওয়াজ। বন্ধুর অন্তরাত্মায় অধিষ্ঠিত হয়ে সদাপ্রভু নিজের মেষশাবককে আওয়াজ দিলেন।

প্রভু বললেন,
বন্ধু, আপন প্রভুকে সন্দেহ ক'রো না।

অন্তরাত্মায় এই আওয়াজ পাওয়ার সঙ্গে সঙ্গে কোথায় যেন সমস্ত সন্দেহ মিলিয়ে যেতে লাগল। অবহেলায় উদ্ভূত সমস্ত সন্দেহ ধীরে ধীরে মিটে গেল; যিশুর বন্ধুর অন্তরাত্মা এবার প্রার্থনা শুরু করল। যিশুর বন্ধু, লক্ষ করলেন তার দৃষ্টি একই থেকে গেল কিন্তু প্রভুর একটিমাত্র বাক্যে তার দৃষ্টিকোণ বদলে গেল। এতক্ষণে তিনি বুঝলেন যিশুর মহিমা এবং অনুভব করলেন প্রভুর লীলার অতলস্পর্শী গভীরতা।

প্রভুর একটি মাত্র বাক্যে তার সমস্ত সন্দেহসূচক চিন্তা ভাবনা অচিরেই প্রভুর প্রতি ভক্তি ভাবনায় বদলে গেল। অভিমান—অভিযোগ—অনুযোগ সব ম্লান হয়ে গেল। তার অন্তরাত্মা নিজেই নিজেকে বলে উঠল;

প্রভুর কোনও কেন্দ্র নেই, তিনি বিকেন্দ্রীভূতভাবে সকলের কেন্দ্র। তাই তার কোনও কর্ম নেই, নেই কর্মফল, নেই কর্ম স্ফুরণ— যেহেতু তিনি সকল গুণের পারে; তাই তার কোনও ক্রিয়া নেই। আছে কেবল করুণা। এতক্ষণে যিশুর বন্ধুর চোখের সামনে থেকে একটি পর্দা উন্মোচিত হল, তিনি স্পষ্ট দেখতে পেলেন প্রভুর প্রতিটি কর্ম যা তিনি করেছিলেন সে সমস্ত কর্মই আসলে তাঁর করুণা লীলা। সকল যুক্তির ব্যবহারিক দেবতা সময় সেই মুহূর্তে থমকে দাঁড়ালেন, কারণ কোনও বস্তুগত যুক্তিই করুণার ভাষা বুঝতে পারে না।

প্রভুর করুণা ছাড়া তাঁর করুণা চেনা যায় না।

—বললেন যিশুর বন্ধু, হঠাৎ যিশুর বন্ধুর নিজেকে খুব নির্ভার মনে হল। তাঁর বুক থেকে অনন্ত কাল ধরে বয়ে আনা বোঝা নেমে গেল। প্রতিটি কাল চক্রের প্রথমে যখন তিনি নতুন করে চক্রারম্ভ করেন তখনও তিনি এতটা ফুরফুরে আমেজে থাকেন না। সময় নিজে যিশুর সামনে মানুষ রূপে প্রকট হয়েছিলেন কিন্তু কেন তিনি অমন করেছিলেন তা তিনি নিজেও জানতেন না। তবে এই মুহূর্তে তাঁর কাছে উত্তর আছে, তিনি জানেন কেন তিনি মানুষের রূপে অবতীর্ণ। কারণ, সদাপ্রভুর অকারণ করুণা। এমন ভাবতে ভাবতে তিনি পাথরের ওপরে বসে পড়লেন আর ভাবতে থাকলেন প্রভুর কথা।

সময় জানেন এই মহাবিশ্বে সব কিছুই কার্য—কারণ সম্পর্কে আবদ্ধ কিন্তু তিনি জানতেন না কীসের ওপর এই সৃষ্টি দাড়িয়ে। যদিও এই চরাচরের তিনিই মুখ্য কার্যনির্বাহী, তবুও তিনি জানতেন না। আজ তিনি জানলেন, এই সবেরই মূল প্রভুর করুণা। একবার সময় সৃষ্টির আদি লগ্ন নিয়ে ভেবেছিলেন, তিনি সেই অবস্থার কথা ভেবেছিলেন যখন তাঁরও জন্ম হয়নি। কিন্তু সেই ভাবনা কয়েকটি অস্ফুট শব্দের মধ্যেই সীমাবদ্ধ থেকে গিয়েছিল, যখন প্রশ্নেরাই উচ্চারিত হতে পারেনি তখন উত্তর কীভাবে ধ্বনিত হবে! কিন্তু আজ যেন বিনা প্রশ্নেই তিনি সমস্ত উত্তর পেয়েছেন।

নীরবে অনেকক্ষণ সময় কেটে গেল। কিন্তু এই নীরবতায় কেবল শব্দাভাব ছিল না; এই অবস্থা এক মাত্র সে—ই বুঝতে পারে যে তা অনুভব করেছে, অন্য কেউ নয়। এই নীরবতায়ই প্রভু হয়তো নিজেকে বলির কাঠে তুলে দেবেন, হয়তো এই হাঁপরের মতো অনিঃশেষ শূন্যতা থেকেই জন্ম স্বর্গ আর পৃথিবীর, তাঁর নিজের জন্মও হয়তো সেখান থেকেই আর ঈশ্বরেরেও জন্ম হয়তো সেখান থেকেই।

এই ত্রিলোকে একমাত্র যিশুই ইচ্ছা এবং অনিচ্ছার থেকে মুক্ত। বা বলা যেতে পারে, ইচ্ছা এবং অনিচ্ছার জাল থেকে যিনি নিজেকে কাটিয়ে

তুলতে পেরেছেন তিনিই যিশু। সত্যিই যিশু একমাত্র নন কিন্তু একক হিসাবে শুধু যিশুই একমাত্র। প্রভুকে কীভাবে সম্বধন করতে হয় তা সময়ের জানা নেই, তিনি কখনও পিতা আবার কখনও মাতা, কখনও তিনি বন্ধু আবার কখনও বিদ্যা আবার ভার্যা। তিনি কখনও সকল সম্পর্কের উর্ধে আবার কখনও সকল সম্পর্কে শুধুই তিনি। তাকে নিজের হৃদয়ে লুকিয়ে রাখা শ্রেয় নাকি সর্ব অস্তিত্বে তাকে মাখতে লুটিয়ে পরা শ্রেয়! সত্যিই এই প্রশ্ন যতটা ছোট ততটাই জটিল।

বন্ধু বেশ কিছুক্ষণ আগে এখান থেকে প্রস্থান করেছেন, কিন্তু আদেও কি তাঁর কোন প্রস্থান আছে? আচ্ছা তাঁর কি কোনও আগমন আছে? নিজেই নিজেকে প্রশ্ন করলেন সময়; কোনও উত্তর তিনি পাননি। উত্তর পাবেন না এটাই স্বাভাবিক ছিল। কেননা আজ পর্যন্ত অনেক লীলার সাক্ষী থেকেও কখনোই তিনি লীলাধরের লীলা মাহাত্ম্য বুঝতে পারেননি। সময় এবার মাটির দিকে তাকালেন, যেখানে যিশু দাঁড়িয়েছিলেন, মাটির দিকে তাকাতে তাকাতে কখন যিশুর বন্ধুর হাঁটু ভাঁজ হয়ে এল তা তিনি বুঝতে পারেননি। নতজানু হয়ে সময় সেই মাটিতে মাথা ছোঁয়ালেন, তারপর তিনি আবার দাঁড়ালেন এবং উঠে পড়লেন সেই পাথরের ওপর যেখানে যিশু বসেছিলেন। তিনি দৃষ্টি নিক্ষেপ করলেন জেরুজালেম নগরীর দিকে, কিছুক্ষণ থমকে দাঁড়ালেন আর তারপর নমস্কার করলেন। মনে মনে তিনি বললেন,

ধন্য, হে ধন্য, তুমি! হে আমার প্রভুর লীলাভূমি তুমি ধন্য।

এ ছাড়া আর কিছুই তিনি বলতে পারলেন না, তাঁর দু'চোখ বেয়ে অশ্রু প্রবাহিত হতে থাকল। না, এই অশ্রু দুঃখ কিম্বা অভিমানের না, আবার আনন্দেরও না, এই অশ্রু এক অকারণ কৃতজ্ঞতার। প্রভুর করুণা যেমন অকারণ, ভক্তের কৃতজ্ঞতাও যেন ঠিক ততটাই অকারণ।

এমন ভাবেই পাথরের ওপর দাঁড়িয়ে থাকতে থাকতেই কখন দিন গড়িয়ে সন্ধ্যা নামল সময় বুঝতে পারেননি। যখন তাঁর হুস ফিরল তখন

অন্ধকার ঘোর নেমে এসেছে। একবার তাঁর মনে হল যে সে ছুটে যায় প্রভুর কাছে পরক্ষণেই তাঁর হৃদয়ে অধিষ্ঠিত সর্ব কারণের নির্যাস স্বরূপ অখিল ব্রহ্মাণ্ড অধিপতি বললেন, "আমি কী এখানে নেই?" তাঁর অন্তরাত্মায় প্রভু বলে উঠলেন, "নিজের আমিত্বের পর্দা ফেললে– তুমি আয়নাতেও আমাকেই দেখবে।"

সময় এবার ধপ করে পাথরেরে ওপরে বসে পড়লেন, সত্যি বলতে তাঁর আর চলার ক্ষমতা নেই। সময় এখন চলার ক্ষমতা হারিয়েছে, এর কারণ কোন দুর্বলতা নয় বরং এক গভীর সামর্থ্য। তাঁর চলার ক্ষমতা আত্মরমনের মহানতার জন্য লোপ পেয়েছে; এত দিন যে বাইরে ছুটেছে এবং সবাইকে ছুটিয়েছে এবার সে শান্ত হয়েছে।

সময় স্বয়ং সাক্ষী, সদাপ্রভুর করুণা সর্বজনীন, যে সেই করুণা মাথা পেতে নেয় তাকে প্রভু কৃতজ্ঞতায় মুড়ে দেন। যিনি কৃতজ্ঞ তিনিই আত্মরমনের পদে অধিষ্ঠিত, তিনিই অধিষ্ঠিত, তিনিই অধিষ্ঠিত।

রাজপুত্রের রাজ্যাভিষেক

এমন ভাবেই সন্ধ্যা গড়িয়ে রাত নামল— যিশুর বন্ধু তখনও নিস্তব্ধ। আজ তাঁর মনে হচ্ছে অস্তিত্ব সার্থক। প্রভুর লীলা সব সময়ই বড় বিচিত্র কিন্তু তাঁর থেকেও অধিক বিচিত্র প্রভুর অভিব্যাক্তি। আজ সকালেও সময়ের চিন্তাভাবনা অন্য রকম ছিল, কিন্তু সন্ধ্যা নামতে নামতে তাঁর অন্তরাত্মায় যেন সূর্যাদয় হয়েছে; এক অদৃশ্য আলোয় তাঁর শাপমোচন ঘটেছে। সময় ঠিক করেছেন, তিনি এখন আর প্রভুর কাছে যাবেন না, এখন তিনি আর মায়াময় লীলাধরের ভিন্ন ভিন্ন লীলায় বিভ্রান্ত হবেন না, বরং তিনি এখন একাকী কৃতজ্ঞতা জ্ঞাপন করবেন। তিনি এখন আর কোথাও যাবেন না, বরং এখানেই এই গাছতলায় থাকবেন।

রাতের আকাশে তারারা একে একে স্পষ্ট হয়ে উঠল, তারাদের দিকে তকিয়ে সময় আনমনা হয়ে বলে উঠলেন, "ওগো শাশ্বত মেষপালক, তুমি এই মেষেরও ধ্রুবতারা হ'য়ো।"

ভেজা ভেজা চোখে জলপাই গাছের নিচে বসে সময় স্মৃতিচারণা শুরু করলেন, সত্যিই এ বড় আজব ঘটনা। যাকে অবলম্বন বানিয়ে বিশ্ববাসী স্মৃতি সংরক্ষণ করে সে যদি স্বয়ং নিজে স্মৃতিচারণায় বসে তাহলে সেই স্মৃতির ব্যাপ্তি কত বড় হতে পারে তার কোন সীমারেখা নেই। কিন্তু, মহা স্মৃতিস্বরূপ প্রভুর পায়ে লুটিয়ে পরতেও হয়তো এই খণ্ড—স্মৃতিই এতকাল তাঁকে বাধা দিয়ে আসছিল, ভাবলেন সময়। সৃষ্টিময় সকল অনুরাগ থেকে ধীরে ধীরে সময় আলগা হতে থাকলেন, যদিও তিনি মানুষ নন তবুও তিনি মানবিক অবস্থা অনুভব করলেন কারণ কোথাও একটা মিল তো আছেই। মানুষের মতো তিনিও একই মহা—মেধার থেকে সৃষ্টি।

যিশু মানুষের জন্য নন তিনি সমগ্র চরাচরের, সময়ের চক্র থেকেও তাঁর কক্ষপথ বড় একথা এখন সময়ের কাছে স্পষ্ট। কিন্তু কিছু কথা এখনও সময়ের কাছে স্পষ্ট নয়, সে কথাগুলো স্পষ্ট হওয়াও একান্ত প্রয়োজন।

না, এই উত্তরগুলো খুঁজতে তিনি প্রভুকে আর লীলাক্ষেত্রের বাইরে আনবেন না। তাহলে একবার কী লুকিয়ে আড়াল থেকে তিনি প্রভুর কাছে যাবেন? যদি আজ চলেও যান তাহলে হাতে আর আগামিকাল তারপর তো আর তাকে কখনোই পাবেন না, না—তা হবে কেন! প্রভু যে বলেছেন তিনি সবসময় হৃদয়ে জেগে আছেন? তাহলে কী করবেন সময়? না—না প্রশ্নে তিনি নিজেকে জড়িয়ে ফেললেন। এই সমস্ত প্রশ্নগুলো তাকে অন্তর থেকে কাঁপিয়ে কাঁপিয়ে দিচ্ছিল, কয়েক মুহূর্তের জন্য তাঁর যেন মনে হল, তিনি নিজের আত্মা বমি করে ফেলবেন, কিন্তু অন্তর থেকে আওয়াজ আসল, "সহ্য করো।"

হিসাবরক্ষক যত সুন্দর করেই হিসাব রাখুক না কেন কখনোই সে কোষাগারের মালিক হতে পারে না। সময় এখন নিজেকে হিসাবরক্ষকের মতো অসহায় বোধ করলেন। তাঁর স্মৃতিপটে শুধু মানুষ আর পৃথিবী নয় বরং কোটি কোটি ব্রহ্মাণ্ডের অজস্র সভ্যতার কাহিনি লিপিবদ্ধ, শুধু সমষ্টি নয় বরং তিনি একক ভাবে প্রতিটি জীবনের হিসাব রেখেই চলেছেন কিন্তু এখন তিনি নিজেও জানেন না যে তাঁর কী করণীয়! আচ্ছা, তিনি প্রভুর ওপর থেকে আস্থা হারাচ্ছেন না তো? হঠাৎ করে সময়ের হৃদয়ে মোচড় দিয়ে এই প্রশ্ন আবির্ভূত হল। না, এমন হতে পারে না। আর হলেও বা, বিশ্বাস একটা নির্দিষ্ট সময় পরে হয় শেষ হয়ে যায়। না হয় অন্ধবিশ্বাসের রুপ নেয়। এ সব কী ভাবছেন তিনি! একবার তাঁর মনে হল তিনি যেন এখনই নিজের মাথা ওই পাথর খণ্ডে আছড়ে মারেন, কিন্তু অন্তর থেকে আওয়াজ আসল, "সহ্য করো।"

সময় বুঝতে পারছেন না, তাঁর কী হচ্ছে। যতবার তিনি নিজেকে সামলে সামলে নিচ্ছেন ততবার যেন তিনি অন্তর থেকে এলোমেলো হয়ে যাচ্ছেন। কোটি কোটি আলোকবর্ষের কালতরঙ্গের অধিনায়ক যতবার নিজেকে গুটিয়ে নিচ্ছেন তিনি স্বস্তির বদলে ততটাই ছটফট করছেন। এক অজানা বিষ জ্বালায় তিনি জ্বলছেন কিন্তু এই জ্বালার উৎপত্তি তিনি বুঝতে

পারছেন না। তাঁর অন্তর যেন ক্রমশ পুড়তেই থাকছে কিন্তু এই দহনে তিনি দাহ্যকে চিনতে পারছেন না।

"প্রভু আমায় বাঁচাও"— প্রায় চিৎকার করে বলে উঠলেন সময়। তৎক্ষণাৎ তাঁর অন্তর থেকে আওয়াজ আসল, "সহ্য করো।"

প্রভু কোন বিষাক্ত প্রসাদ এই ভক্তকে খাওয়ালেন? — মনে মনে জিজ্ঞাসা করলেন সময়। কিছুক্ষণ আগের হালকা ভাব এখন আর তিনি অনুভব করতে পারছেন না, তাঁর নিজেকে এখন অসম্ভব ভারি লাগছে; এতটাই ভারি যা এর আগে কখনও অনুভূত হয়নি। তিনি নিজের মনে আরও বলতে থাকলেন, "প্রভু, তোমার করুণা সত্যিই বড় আজব। যখন হালকা করলে তখন পাখির মতো করে আকাশে ওড়ালে আর যখন ভারি করলে— উল্কার মতো আছড়ে ফেললে"

কোনও এক না জানা প্রশ্নের সামনে সময় বারবার নিজেকে ভেঙেচুরে ফেলছেন, তিনি মূল সমস্যা অনুভব করতে পারছেন না ঠিকই কিন্তু তিনি জানেন তিনি সুখী নন। তিনি সুখী নন এই ঘটনাটা তাঁর কাছে নতুন নয়, কিন্তু এই অসুখের অনুভূতি নতুন। প্রভুর হাসি বারবার তাঁকে মনে করাচ্ছে তাঁর খণ্ডতা, একটা করুণ সীমানার বোধ তাঁকে বারবার অনুপ্রেরণা দিচ্ছে সীমা অতিক্রম করার। কিন্তু, শুধু অনুপ্রেরণায় যদি হতো তাহলে এতক্ষণে কত শত যিশুতে এই পৃথিবী ভরে যেত। না, ধীরে ধীরে এই অস্বস্তি ক্রমাগত বেড়েই চলেছে, শুধু যিশু এবং যিশুর বন্ধুই জানেন কত কষ্টে এখন যিশুর বন্ধু নিজেকে ধরে রেখেছেন। কিন্তু কেন এমন হল? কিছু একটা না পাওয়ার তিব্র ব্যথা আর একই সঙ্গে সেই না পাওয়ার খুব কাছাকাছি থাকার আকুলতা দুইয়ে মিলে সময়কে পাগল করে দিচ্ছে, কিন্তু সময়ও নাছোড়বান্দা। এই তিব্রতম টানাপোড়েনের উপাখ্যান মাঝে সময় আজ সকালের সব কথা মনে করার চেষ্টা করলেন। তিনি স্পষ্ট বুঝতে পারছেন প্রভু কোন কঠিন কিন্তু প্রয়োজনীয় শিক্ষা তাকে দিতে চলেছেন। কিন্তু কী শিক্ষা! নিজে নিজে আকাশ—পাতাল চিন্তা করে

কোনও কুল—কিনারা না পেয়ে সময় মাটিতে হাঁটুগেড়ে বসে পরলেন আর যেখানে প্রভু দাঁড়িয়েছিলেন সেখানে মাথা ছুঁইয়ে বললেন, "প্রভু, আমাকে রক্ষা করো।" না, এবার আর তাঁর অন্তরাত্মায় কোন আকাশবাণী ধ্বনিত হল না। তাহলে প্রভু ভুল নাকি তাঁর প্রার্থনার ধরণ ভুল। না প্রভু কখনই ভুল হতে পারেন না তাহলে ভুল তাঁর প্রার্থনা, এমন ভেবে সময় শান্ত হয়ে গেলেন। মনের একের পর এক বিক্ষেপ সহ্য করতে করতে তিনি প্রভুর কাছে পূর্ণ সমর্পিত হলেন।

"আজ যাই হয়ে যাক আমি প্রভুর কাছে সমর্পণ থেকে নিজেকে বাঁচানোর চেষ্টা করব না। আমি মৃত্যু পর্যন্ত সমর্পিত হলাম।"— এমন বলে সময় পাথরের ওপর বসলেন। একে একে না না চিন্তা তরঙ্গ তাঁকে দুলিয়ে দেওয়ার চেষ্টায় মত্ত হল কিন্তু সময়ও হাল ছাড়বার পাত্র নন, তিনি সকল বিক্ষেপকে— সহ্য করতে থাকলেন। তিব্র মানসিক দোদুল্যমান অবস্থায় সময় ঠিক করলেন তাঁর মনের অবস্থা যা—ই হয়ে যাক না কেন তিনি চেষ্টারহিত হবেন। কোটি কোটি বছরের জীবদ্দশায় এটুকু অনুভব তিনি করেছেন, মানসিক দোদুল্যমানতার বাস্তবিক সমাধান কেবল মানসিক প্রত্যুত্তর। তা ছাড়া সবই এক একটি করে নিত্যনৈমিত্তিক বন্ধনের জন্ম দেয়; সত্যিই মনের সঙ্গে লড়তে না কায়িক কর্ম কাজে আসে না আর না বাণীর মর্ম কাজে আসে।

রাত আস্তে আস্তে বাড়তে থাকল, আর তারই সঙ্গে টলতে থাকল সময়ের অবস্থান, কিন্তু যার প্রতি আস্থায় সাগর নিজেকে শুকিয়ে রাস্তা করে দিয়েছিল তাঁর প্রতি আস্থা রেখে সময় চুপ করে বসে থাকলেন। হয়তো এই আস্থাতেই পাহাড় টলে যায় আবার কখনও পাথর জলে ভেসে ওঠে। সময় এতক্ষণে একটি জিনিষ স্পষ্ট উপলব্ধি করেছেন, যত মুহূর্তগুলো সেই মহাক্ষনের দিকে এগোচ্ছে ততই যেন তাঁর ব্যথাগুলো ক্রমশ সুঁচালো হয়ে যাচ্ছে। সময়ের অন্তর থেকে আওয়াজ এল, "দীক্ষা স্নানে তোমায় স্বাগতম।" হৃদয়ে প্রভুর বাক্য সময়কে আনন্দের একই সঙ্গে কিছুটা দুঃখও দিল কিন্তু আশ্চর্য্যের ব্যাপার তিনি আর কোনও অনুভুতির

সঙ্গে নিজেকে জড়ালেন না। এখন আপ্তবাক্যই তাঁর উপাসনা বিধি। একবার তিনি সেই আপ্তবাক্যেরও উচ্চারন করলেন, "সহ্য করো।"

নিজের স্মৃতিতে জড়িয়ে থাকা সংস্কারের তাপে উত্তপ্ত হতে হতে সময় আবিস্কার করলেন তিনিই মানুষ এবং প্রতিটি মানুষই সে। আসলে প্রতিটি মানুষ সহ সমগ্র সৃষ্টি কিছুটা সময়ের সমষ্টি আর সময় সামগ্রিক ভাবে সকলেরই যোগফল। এই পৃথিবীর সকলে সময়েরই অবতার, এই সৃষ্টি আর তার বিশেষ কোনও ভেদ নেই।

এমন ভাবতে ভাবতে তিনি একবার আকাশের দিকে তাকালেন, এখন যেন সব কিছুই খুব নিজস্ব মনে হচ্ছে। না, তাঁর অধিকার আরোপ করতে ইচ্ছা হচ্ছে না কিন্তু তিনি বুঝতে পেরেছেন, উপাদানগতভাবে তাঁরা দুই নন। লীলাধরের আশ্বাসনে সময় আরও শক্ত হয়ে বসলেন আর বারবার আপনমনে সেই আপ্তবাক্যের উচ্চারণ করলেন, "সহ্য করো।"

রাত যত গভীর হতে থাকল ততই অন্ধকার রাত সময়কে আরও আত্মিক করে তুলল। আত্মিক সময় প্রার্থনায় লীন হয়ে প্রভুতে পূর্ণ সমর্পিত হলেন। এই সময়ে তিনি কোনও চমৎকারের প্রত্যাশা করছেন না কিন্তু তাঁর কাছে সবই যেন চমৎকার। প্রভু চমৎকার আর প্রভুর করুণাও চমৎকার। এমন ভাবেই বারবার চমৎকৃত হতে হতে প্রায় মধ্যরাত হয়ে এল। সময়ের জিজ্ঞাসাগুলি এখনও পুর্নাঙ্গ রুপ পায়নি, কিন্তু তিনিও সমস্ত বিক্ষেপ সহ্য করছেন। এমনই মুহূর্তে চাঁদের আলোয় তিনি লক্ষ করলেন একটি মথ মরে পড়ে আছে আর কয়েকদল পিঁপড়ে সেই মৃতদেহ বয়ে নিয়ে চলছে। মিতব্যয়ী পিঁপড়েদের কাঁধে চড়ে মথের এই শবযাত্রার দৃশ্য সময়কে তিব্র ভাবে কাঁপিয়ে দিল, প্রথমে তিনি এক দৃষ্টে তাকিয়ে থাকলেন নির্বাক হয়ে, আর তার কিছুক্ষণেই তিনি উৎফুল্লতায় নেচে উঠলেন। তিনি চিৎকার করে বলতে থাকলেন, "পেয়েছি! পেয়েছি! পেয়েছি!" এই অত্যন্ত সাধারন ঘটনাটিই তাঁর সামনে আজ জীবন সত্য

তুলে ধরেছে, সেই সত্য যাকে তিনি না চিনেই বারবার খুঁজেছেন। তিনি বললেন,

"জীবনে আর্তি আছে।

আর্তের প্রয়োজনে অর্থ ধারণা আছে।

প্রত্যেক অর্থার্থীর জিজ্ঞাসা আছে।

অস্তিত্ব এই তিন স্তম্ভের ওপর দাঁড়িয়ে আছে, আর এই তিনটি স্তম্ভই অস্তিত্বের ওপর দাঁড়িয়ে আছে। আমাদের সকল কর্মের জন্ম আমিত্বের সঙ্কল্প থেকে, আমিত্ব দাঁড়িয়ে এই তিনটি স্তম্ভের ওপর।"

পিঁপড়েদের কাঁধে মথের মৃতদেহ দেখে সময় জীবন সম্পর্কে এই সত্য অনুধাবন করলেন। প্রতিটি জীবের কোনও না কোনও আর্তি আছে, ঠিক যেমন ওই পিঁপড়েগুলোর রয়েছে। প্রত্যেকটি জীবের কোনও না কোনও অর্থ ধারণা আছে, ঠিক যেমন ওই পিঁপড়েগুলোর রয়েছে। আর সেই অর্থ উপার্জনের জন্য প্রতিটি জীব বারংবার কর্মে নিয়োজিত হয় ঠিক যেমন ওই পিঁপড়েগুলো মথ কাঁধে করে আস্তানায় ফিরছে।

এখন তার কাছে জীবন সত্য পরিষ্কার, কিন্তু তিনি এটাও বুঝতে পারছেন যদিও এই তিনটি ব্যবহারিক স্তম্ভের উপর অস্তিত্ব দাঁড়িয়ে
কিন্তু আরও কিছু আছে যা সমগ্র অস্তিত্বকে বেঁধে রেখেছে। সময় সত্য উপলব্ধি করবার জন্য নেচে ওঠেননি, বরং তিনি নেচে উঠেছিলেন নিজের প্রশ্নকে আরও স্পষ্টতর করার আকাঙ্ক্ষায়। এখন তার প্রশ্ন স্পষ্ট হয়েছে, তিনি জানেন আসল প্রশ্ন কী। আবারও সময় প্রার্থনা করলেন,

প্রভু, কে তিনি যাঁর জন্য এই তিন স্তম্ভকে দাঁড়িয়ে থাকার শক্তি পেয়েছে?

হৃদয়স্থ প্রভু উত্তর দিলেন,

যাকে অর্তি দিয়ে বিচার করা যায় না, কিন্তু যিনি সকল আর্তির মুখ্য কারণ।

যাকে অর্থ দিয়ে মাপা যায় না, কিন্তু যিনি সকল অর্থের মুখ্য কারণ।

যাকে জিজ্ঞাসা দিয়ে খোঁজা যায় না, কিন্তু যিনি সকল জিজ্ঞাসার অভিমুখ।

যিশুর বন্ধু বারবার প্রভুকে ধন্যবাদ দিলেন এবং তিনি ভাবলেন তিনি সম্পূর্ণ উত্তর জেনে গিয়েছেন। কিন্তু একটু ভাবতেই তার সামনে একে একে বেশ কিছু সীমাবদ্ধতা ফুটে উঠল। তিনি আবারও নিজ অন্তরাত্মায় অধিষ্ঠিত প্রভুকে জিজ্ঞাসা করলেন,

“কে তিনি, যিনি সকল আর্তির মুখ্য কারণ; যিনি সকল অর্থের মুখ্য কারণ; যিনি সকল জিজ্ঞাসার অভিমুখ?”

তাঁর অন্তরাত্মায় অধিষ্ঠিত প্রভু বলে উঠলে,
প্রশ্নই উত্তর, দৃষ্টাই দৃশ্য এবং দর্শন। তুমিই সে।

যিশুর বন্ধু চমকে উঠলেন এবং বললেন,
না, তা কী ভাবে সম্ভব?
আমিই তো চপল বালকের মতো এই তিনটি স্তম্ভেই খেলা করে বেড়াই।
আমি তো ধারক নই, বরং আমি ধারণা।
প্রভু, ধারণা কীভাবে ধারক হতে পারে আমায় বলো।

অন্তর থেকে যিশুর কণ্ঠস্বর বললেন,
ধারণাকে যে ধারণ করেছে, সে ধারক।

এই কথা শোনার পর যিশুর বন্ধুর মনে হল তাঁর অস্তিত্বে যেন কেউ একটা প্রবল বেগে ধাক্কা দিল, একই মুহূর্তে তিনি এও অনুভব করলেন যে তিনি তাঁর অস্তিত্ব থেকে অনেকখানি আলগা হয়ে গিয়েছেন; এই দূরত্ব তাকে যেন চোখে আঙুল দিয়ে দেখিয়ে দিল যে তিনি তাঁর ধারণা সমুহের থেকে কতটা আলাদা।

প্রভু ঠিকই বলেছেন, এই তিনটি স্তম্ভ আমাতে অবস্থিত; আমিই এই তিনটি স্তম্ভের একমাত্র ধারক,

এই অস্তিত্বে কিছুই স্বয়ম্ভু নয় বরং সবই আমার চিন্তার বিক্ষেপ। তিনটি কালের আমিই পিতা, তিনটি লোকের আমিই পিতা, স্বর্গ—নরক—পৃথিবী এই তিনের সৃজন ও লয় আমারই চিন্তায় ফুটে ওঠে, পারমার্থিক মহাশূন্যতায় এখন আমি উপমাহীন।

আমার আমিত্ব একটি বানরের মতো ওই তিনটি স্তম্ভে কখনও ওঠে আবার কখনও নামে, আমি কেবল দেখি।
আমার জন্য নিজেকে বানর ভাবা একটি বিভ্রান্তি, আমি বানর নই কিন্তু বানর নাচের সাক্ষী।

কখনও, বানরের কলাকুশলীতে আমি আমোদ পাই, কিন্তু সে আমার বিভ্রান্তি। যদিও আমি অনুভব করি তবুও আমি অনুভবের উপভোক্তা নই।

যখন আমি কাজ করি তখন প্রকৃতই আমি করি না, বরং এই বানর নাচে, আমি তো শুধুই দেখি।

যখন আমি সঙ্কল্প নিই আর বিকল্পের অনুসন্ধান করি, তখন আমি কিছুই করি না বরং বানর নাচে আমি কেবল নাচ দেখি।

না আমার তৃপ্তি আছে আর না অতৃপ্তি, কখনও কখনও আমি বানরকে দেখতে দেখতে নিজেকে বানরের সঙ্গে গুলিয়ে ফেলি।

তাহলে, আমার এই সমস্ত অনুভূতির কোনও কিছুই আমার নয়! আমি যে সমস্ত অনুভূতির সঙ্গে এতদিন নিজেকে আষ্টেপৃষ্টে জড়িয়ে নিজে চলেছিলাম তার কিছুই আমি নই!

হে প্রভু, আমার মনে কেমন এক শূন্যতা জন্মাচ্ছে! আমি আস্তে আস্তে নিজেকে হারিয়ে ফেলতে ফেলতে আর কিছুই খুঁজে পাচ্ছি না। আমি

গভীরে ডুবে যাচ্ছি নাকি ওপরে ভাসছি তাও বুঝতে পারছি না। হে ঈশ্বর, হে প্রভু, এ আমার কী হচ্ছে?

এই মহাবিশ্বে যা আছে আমিই যেন তা, কখনও আমি খাদক আবার কখনও খাদ্য। কখনও আমিই জন্ম আবার একই সাথে মৃত্যু।

এ আমার কী হল প্রভু, আমি একই সঙ্গে নিঃশ্বাস আর একই সাথে প্রশ্বাস। আমিই আগমনী সংলাপ আর একই সঙ্গে আমিই প্রলয় সাক্ষ্য প্রণব।

প্রভু, ব্যাথা না অনুভূত হওয়ার ব্যাথায় আমি বারবার কেঁপে কেঁপে উঠছি। আমি তোমায় খুঁজছি কিন্তু পাচ্ছি না। শুধু যেন সৃষ্ট সৃষ্টিই নয় বরং বহু অগ্রজ সৃষ্টিকেও আমি নিজের দৃষ্টিতে পূর্বজ ধ্বংসের নিস্ক্রিয়তায় দেখছি।

আমি বারবার নিজের উৎপত্তি আর ধ্বংসের পুনরাবৃত্তি দেখছি; কিন্তু না আমি উৎপন্ন হচ্ছি না আমার লয় ঘটছে। আশ্চর্য! আমার কোনও লয় অথবা উৎপত্তি নেই, আছে কেবল আগমন আর প্রত্যাগমন। আশ্চর্য! আমি যাকে আমি বলে চিনি, সে আমি না। আমার ঘুম অনেক আগেই ভেঙেছিল এখন আমার জাগরণ মুক্তি ঘটেছে। আমি সে না যাকে আমি আমি বলি, আর যে আমি, সে আমি, কিন্তু তাঁকে আমিই চিনিনি।

আশ্চর্য, আমি তাঁকে চিনি এমন নয় আবার সে আমার অচেনাও নয়।

—এমন বলে যিশুর বন্ধু আকাশের তারাদের দিকে তাকালেন। এই প্রতিটি তারার তিনিই নিয়ামক কিন্তু আজ তিনি নিজের নিয়ামক স্বয়ং হলেন। অনেক না জানা প্রশ্নের উত্তর আজ তিনি জানেন। এমন ভাবে অনেকটা সময় কেটে গেলো, প্রায় ভোরের আগে আগে একটা অত্যন্ত চেনা কণ্ঠস্বর তিনি শুনতে পেলেন।

"বন্ধু"

সময় চমকে উঠলেন,
না, এই আওয়াজ তাঁর অন্তরাত্মা শোনেনি বরং তাঁর কান শুনেছে।
"কোথায় প্রভু!" প্রায় আর্তনাদ করে বলে উঠলেন সময়।

পিছন থেকে এসে বন্ধুর কাঁধে হাত রেখে যিশু বললেন,
বন্ধু।

তৎক্ষণাৎ যিশুর বন্ধু যিশুর পায়ে লুটিয়ে পড়লেন আর বললেন,
ও'গো শাশ্বত মা,
তুমি ঐশ্বর্য–পতি ঈশ্বর প্রসবা,
ও'গো মহা–মেধা,
তুমিই মহা ধৃতি– মহা সুন্দরী।
আমায় কোলে তুলে নাও, মা গো আমায় কোলে তুলে নাও।
তুমিই তিন অভাবের ধাত্রী আর পরিত্রায়িনি; তুমিই মহাজাগতিক প্রশ্ন, উত্তর এবং প্রশ্নোত্তরের মাঝের সবকিছু।

সময়ের এমন সম্বোধনে যিশু অত্যন্ত ক্ষীণ হাসি হাসলেন, তাঁর চোখের চাহুনিতে তিনি এই মুহূর্তে সমগ্র চরাচরের ওপর মাতৃত্ব আরোপ করলেন।

যিশু স্নিগ্ধ গলায় বললেন ,
আমিই তুমি বন্ধু, তুমিই আমি।

যিশুর বন্ধু বললেন,
না।
আমি চাই না তোমার সমকক্ষতা;
তুমি প্রভু, আমি তোমার প্রভাবে প্রস্ফুটিত, আবার তোমার প্রভাবে মুষড়ে পড়ব।

কিন্তু বারবার যেন ফুল হয়ে ফুটে তোমার পায়ে পড়তে পারি। আমার অন্তিম পাপড়ির পচনের আগে যেন তোমার সঙ্গে কিছু মুহূর্ত কাটাতে পারি।

যিশু বললেন,
বন্ধু না তুমি কখনও ফুটে উঠেছ আর না কখনও মুষড়ে পড়বে। যে ফুটেছিল সে তোমার নিদ্রা, যে মুষড়ে পড়বে সে তোমার স্বপ্ন।

আর জেগে ঘুমিও না বন্ধু, তুমি অন্তত জাগো।

যিশুর এই শেষ কথাটি ছোট হলেও যিশুর বন্ধুর কানে বড় লাগল। সত্যিই তিনি জানেন, তিনি জেগে ঘুমাচ্ছেন, এই ঘুমের থেকে উঠতে হলে তাঁকে অনেক স্বপ্ন জলাঞ্জলি দিতে হবে।

স্বপ্ন জলাঞ্জলি দেওয়া ছাড়া আর কোনও মূল্যেই তিনি জাগ্রতি কিনতে পারবেন না।

কিন্তু একটা অজানা ভয় বারবার তাঁকে জেগে ওঠা থেকে দূরে ঠেলে—ঠেলে দিচ্ছে, তিনি অনেক যুগ পর আজ প্রভুকে পেয়েছেন, তিনি চান না প্রভুর থেকে কাছ ছাড়া হতে কিন্তু প্রভু তাঁকে ঠেলে দিতে চান।

সময় বললেন,
আচ্ছা প্রভু, মানুষেও কি আমারই মতো আলো থেকে বাঁচতে অন্ধকারে ছোটে আর সেই অন্ধকারকে ছায়ার নাম দিয়ে নিজের দুর্বলতা লুকায়?

যিশু বললেন,
মানুষেরা আসলে তোমারই খণ্ড রূপ আর তুমিও তাদেরই সমষ্টিরূপ। প্রকৃতি সময়ের ব্যাপ্তি আর সময় ব্যাপ্ত প্রকৃতির সংকুচিত জমাট।

সময় বললেন,
বলো, প্রভু, আমায় এবার কী করতে হবে?

যিশু বললেন,
আবারও জীবন পাও।
আবারও বেঁচে ওঠো সেই ভাবে যেভাবে জেগেছিলে প্রথমবার।

জীবন উদ্দিপনাকে অনুভব করো জৈবিক উত্তেজনা ছাড়া। জেগে ওঠো সেই সকল দিবাস্বপ্ন থেকে যার কেন্দ্রে তুমি ছিলে; জেগে ওঠো সেই সকল মৃত্যুভ্রম থেকে যার কেন্দ্রে তুমি ছিলে; জেগে ওঠো সেই সকল জৈব বাসনা থেকে যেখানে তুমি বাঁচার জন্য ঘুমকে অদৃষ্ট বানিয়ে নিয়েছ।

যিশুর বন্ধু প্রত্যুত্তরে নিস্তব্ধ থাকলেন। এই অবস্থায় প্রভুকে নিজের জাগরণ ছাড়া আর কিছুই উপঢৌকন দেওয়া সম্ভব ছিল না। সেই অন্তিম আড়মোড়াগুলো একে একে ছেড়ে যিশুর বন্ধু অন্তরের চোখ খুললেন। সময় এতদিন তথ্যাত্তক ভাবে জেনেছিলেন, সকল যিশুরাই ঘুম ভাঙান; আজ তিনি অনুভব করলেন। এই জেগে ওঠায় কোনও মহাজাগতিক বিপ্লব হল না, না কোনও আকাশ বাণী ধ্বনিত হল অথবা দেব দূতেদের পুষ্প বৃষ্টি।

কেবল এক ঘুমন্ত জেগে উঠলেন, এইটুকুই ব্যাস।

এখন সময়ের দৃষ্টি দুয়ের ভেদ হারিয়ে ফেলল, কিন্তু এই ভেদহারা চোখ তাঁকে ব্যাকুল করল না। এখন তিনি আর সেই তিন স্তম্ভের বানরের দিকে দেখলেন না, দেখলেন ওই তিনের অভেদ ভিত্তি।

কোনও অবস্থা নিজের অবস্তিতি বদলাল না, না কারও অবস্থানে কোনও নতুন অর্থের সংযোজন হল, শুধুই দিবাস্বপ্নগুলো কেটে গেল। কোনও বিশেষ নতুন তথ্যের উন্মেষ ঘটল না কিন্তু যে তথ্যগুলির প্রভাব

এতক্ষণ বিবেককে ঘুম পাড়িয়ে রেখেছিল তাঁরা মরীচিকার মতো মিলিয়ে গেল। কোনও অনুভূতির অনুভব হল না, কারণ সেই উপভোক্তা একটি স্বপ্নের চরিত্র ছিল, জেগে উঠে যে মিটে গিয়েছে।

এই জাগরণে জাঁকজমক ছিল না, এই জাগরণ অত্যন্ত প্রাকৃতিক। এই জাগ্রতিই স্বাভাবিক। যতটা স্বাভাবিক নৈঃশব্দে গাছে গাছে ফুল ফোটে ঠিক তেমনি করেই এটাও ছিল একটি নিঃশব্দ প্রস্ফুটন।

কোনও বিশেষ তথ্যে এই ফুল ফুটে ওঠেনি, বরং এই ফুল ফুটেছে সেই সমস্ত তথ্যের বাঁধন থেকে মুক্ত হয়ে,

যে বাঁধন তথ্য আকারে জন্ম নিলেও অহংকার রূপে সংক্রমিত হয়েছিল।

যিশু বললেন,
পুত্র, দিলাম তোমায় রাজত্ব।
আমার মহিমা পুত্রে সংবর্ধিত হোক, পুত্রের পাত্রতা আমাতে মহিমান্বিত হোক।

সময় নিস্তব্ধ থাকলেন,
তিনি সামান্য উপযাচক হতে এসেছিলেন আর সম্রাট হয়ে ফিরছেন। কিছুক্ষণ এভাবে সবই চুপচাপ থাকলেন, তারপর বললেন,

যিশু কল্যাণ,

যিশুদের পথ কল্যাণ,

যিশুদের পাথেয় কল্যন,

যিশুদের যাত্রা কল্যাণ,

সেই সকল যাত্রীরা কল্যাণ যারা যিশুদের স্মরণে যিশুদের দেখানো পথে যিশুদের পাথেয় বানিয়ে অভিযান করেন।

পূর্বের আকাশ লাল হয়ে এল, বন্ধুর কাঁধে দু'বার আলতো স্পর্শে হাত রেখে যিশু বিদায় নিলেন। সারা রাত জেগে থাকা যিশুর বন্ধু এবার নিজেও একটু বিশ্রাম নিলেন।

তিনি বিশ্রাম নিলেন যেমন রচনার সপ্তম দিনে ঈশ্বর বিশ্রাম নিয়েছিলেন।

শুক্রবার

আজ সেই মহাক্ষণ আগত, জেরুজালেমের কেউই হয়তো পুরোপুরি জানতেন না আজ কী ঘটনা ঘটতে চলেছে; শুধু দুজন জানতেন।

যিশু জানতেন কারণ তিনি সময়কে জানতেন আর সময় জানতেন কারণ তিনিও যিশুকে চিনতেন। এই ঘটনা পুনঃ নির্ধারিত ছিল না আর না ছিল এতে অদৃষ্টযোগ তবুও পবিত্রতার পরাকাষ্ঠা হতে ঈশ্বর নিজের সবথেকে প্রিয় সন্তানকে আজ বলির মঞ্চে সঁপে দেবেন।

যারা জীবনকে যন্ত্রণা আর যন্ত্রণাকে জীবন বলে এতকাল ভেবে এসেছেন আজ তাদের থমকে যাওয়ার সময়; আজ সেই ভীষণ—মুহূর্ত যখন আশা—হতাশার মধ্যে দিয়ে সেই অভেদ জীবনের স্রোত বয়ে যাবে অথবা ভেসে আসবে আমাদের নিয়ে যেতে।

চারিপাশের নিশ্ছিদ্র নিস্তব্ধতায় সময় কিছু একটা শোনার জন্য কান পেতে বসে ছিলেন। একে একে তিনবার মোরগ ডেকে সকালের ঘোষণা জানাল; সময় পূর্বদিকে মুচকি হেসে তাকালেন আর তখণই সূর্য নিজের উপস্থিতি জানাল।

দৈনিক সূর্যের একই আলোয় আজ এই নগর একটু আকুলভাবে স্নান সারল, হয়তো এই স্নান কোনও দায় ধুয়ে ফেলার চেষ্টা, অথবা ইতিহাসে অমরত্ব পাওয়ার হ্যাংলামোতে আপ্লুত হয়ে অঙ্গমর্দন। সময় এই উত্তর খোঁজবার দায় ইতিহাসের ওপরে আরোপ করে নিজে শান্ত বসে থাকলেন। সময় ভাবলেন, এখনও গোলগাথার পাহাড় জানেনি, সে আজ এক আঁতুড়ঘরে পরিনত হতে চলেছে। সব ঘটনার চরমতম আকস্মিকতায় যিশুর বন্ধুর স্বভাব একবারের জন্য তাঁকে ইচ্ছা করালো যেন তিনি আর্তনাদ করে ওঠেন কিন্তু এই গুরুগম্ভীর অবস্থায় তাঁর বিবেক তাঁকে হাসিয়ে দিল, তিনিও বিবেকের প্রত্যুত্তরে একবার হাসলেন।

সময় এখন গোলগাথায় যাবেন না, বরং আপাতত তিনি এখানেই থাকবেন। যখন এই নগরবাসীর নাগরিক সভ্যতা নিস্তার ভোজের ভেড়া নিয়ে ওই পাহাড়ে হাজির হবে, সময়ও ঠিক সেই মুহূর্তে ওখানে যাবেন তার আগে নয়। আস্তে আস্তে সূর্য আকাশের মধ্য প্রান্তের দিকে যাত্রা শুরু করল কিন্তু সময় ওই জলপাই গাছের ছায়া ছেড়ে উঠলেন না। সময় উঠলেন না কারণ তিনি প্রবাহ। প্রবাহমানতায় টুকরো টুকরো স্মৃতির শুকনো আগাছা সংগ্রহে সময়ের না আছে কোনও দায় অথবা বাসনা।

সময় জানেন বিশ্বাস শুধু তারাই করতে পারেন, যারা ভরসা রাখতে জানেন। আজকের ওই প্রসব দৃশ্য যারা দেখবেন তাদের কেউ কেউ হয়তো প্রভুকে চিনতে পারবেন আর কেউ কেউ কখনোই চিনতে পারবেন না। আজকের এই নগরীর সিংহভাগ মানুষই নিশ্চিতভাবে তাঁকে চিনবেন না, তারা চিনবেন না কারণ তারা নিজেদের দেওয়া ভরসা ভঙ্গের আত্ম—অভিশাপে স্বর্গ থেকে চির—নিস্কাসিত। আবার, আজ থেকে হাজার হাজার বছর পরেও কোন এক মানুষ, যে ভরসার দাম দিয়েছে, সে নিজের অশ্রুতে নিজেকে বাপ্তিস্ম দিয়ে সদাপ্রভুর মেষের দলে নাম লেখাবে আর তখনই নসরৎ—এর এই বিস্ময় হাজির হবে সেখানে; তক্ষণই, প্রভু তার সন্তানের দুটো হাত চেপে ধরবেন আর বুকে টেনে নেবেন।

তবে সময় এখন কোনও মতেই প্রভুর কাছে যাবেন না, তিনি আর তথ্য—সাক্ষ্য লেনদেন করবেন না, তিনি তখনই উপস্থিত হবেন যখন আর কোনও সাক্ষ্য বহনের দায় থাকবে না। গতদিনের বিশ্রাম নেওয়ার পর সময় আজ ঈশ্বরের মতই তৎপর, আজ যেন তিনিও মাটির পুতুলে পুতুলে নিঃশ্বাস সঞ্চালনার কর্তব্য বহনের জন্য উদগ্রীব। আজ দুপুরে, যখন দিবাকর মধ্যগগনের অধিষ্ঠান ছেড়ে পশ্চিমের দিকে ঢুলে পড়তে আরম্ভ করবে, তখন সময়ও তাঁর আসন ছেড়ে ওই পাহাড়ের দিকে এগবেন, তার আগে তিনি এখানেই থাকবেন। সময়ের এখন স্বরূপ স্থিতি হয়েছে তাই তিনি আর নিজের জমানো তথ্যভাণ্ডে ডুব দিয়ে অস্তিত্বের হিসাব কষেন

না। এখন তিনি ফুল দেখেন যে ফুল বর্ণ এবং গন্ধ ছাড়া কেবল ফুটে ওঠে, সুন্দরকে তিনি এখন সুন্দর বলেই চেনেন কোনও রকম পূর্ব সংস্কার ছাড়া। তাই তিনি ঠিক করেছেন আপাতত আরও কিছু মুহূর্ত তিনি সমস্ত রঙ আর আতরের ব্যাপারীদের থেকে যথা সম্ভব দূরে থাকবেন।

জেগে উঠছে এই মহাজনপদ, রাতে যারা বারবার রং—রূপ—গন্ধ—স্বাদে—স্পর্শে স্বপ্ন দেখতে দেখতে ঘুম থেকে জেগে উঠেছিল, তাদের আবার দিবাস্বপ্ন দেখার সময় হয়েছে। এরা যে যার মতো ছুটছে, কেউ কিছু লুটিয়ে দিচ্ছে আবার কেউ আবার তা কুড়িয়ে নিচ্ছে কিন্তু দুজনই হাসছে কারণ এরা একজন অপরজনকে কুড়িয়ে খাওয়া মানুষ হিসাবেই চেনে।

দিনের আলো যত স্পষ্ট হতে লাগল, শুরু হল বাজারে কোলাহলের তিব্রতা, এই সুপ্রাচীন তেজস্ক্রিয় কোলাহল বারবার যিশুদের টুটি চেপে চুপ করিয়েছে, আজ আবারও এক যিশু উপস্থিত আর তারই সঙ্গে সনাতন বাজার। জেরুজালেমের বাজারে বণিক হাঁকডাক শুরু করেছে, আসছে একের পর এক লোভনীয় ডাক, প্রতিটি বাজারের ডাকে যে নিত্যনতুন দামের নাচ শুরু হচ্ছে। সেই নাচের দৃশ্য ছেড়ে প্রভুর বলি পর্ব আদৌ কী কারও চোখে বিঁধবে? সময় জানেন না, আর জানতেও চান না। যদিও তিনি সবের সাক্ষী তবুও তিনি এখন আর নিজের সঞ্চিত তথ্য গহ্বরে ডুব সাঁতার কাটতে আপ্লুত নন। সময় উত্তেজিত বা উৎকণ্ঠিত এমনটি নন কিন্তু তিনি এখন সজাগ। সূর্য আস্তে আস্তে আরও এগতে থাকল মধ্যগগণের দিকে আর সময় শান্ত হয়ে বসে থাকলেন কোনও প্রতীক্ষা না করেই।

ধীরে ধীরে সেই মুহূর্ত চলে এল, সূর্য বেশ কিছুক্ষণ আগেই মধ্য গগন পার করে জেরুজালেমবাসীর ছায়াকে পুবের দিকে ছুঁড়ে দিয়েছে। সময় উঠে দাঁড়ালেন আর হাঁটা শুরু করলেন গোলগাথার দিকে। পথে তিনি বহু নরনারীকে দেখলেন, বলা বাহুল্য তিনি এদের প্রত্যেককেই অত্যন্ত

নিবিড়ভাবে চেনেন। কিন্তু, সকল পরিচিতদের অগ্রাহ্য করে সময় ছুটলেন কোনও এক মহাসঙ্গীতের প্রত্যক্ষ হতে, লক্ষ কোটি জীবের জমানো কোন সংস্কার তাঁকে এখনও পর্যন্ত যে মহাসঙ্গীত শোনাতে পারেনি। সময় যন্ত্রবৎ হয়ে ছুটে চললেন, হোঁচট খেলেন, পড়েও গেলেন তবুও নিজেকে গুটিয়ে তুলে তিনি আবারও ছুটলেন। তিনি ছুটছেন, তাঁর চোখে এখন শুধুই প্রভু।

কয়েক মুহূর্তের ব্যাবধানে সময় উপস্থিত হলেন গোলগাথায়, যিশুকে কিছুক্ষণ আগেই আদম সন্তানেরা ক্রুশের সঙ্গে গেঁথে দিয়েছে। যিশুর সামনে কিছু বিস্মিত ভিড় জমেছে, তাদের কেউ বিদ্রুপের অট্টহাসিতে ফেটে পড়ছে আবার কেউ কেউ বিষণ্ণ কান্নায়, তবে কিছু মানুষ সেখানে চুপ করে দাঁড়িয়ে ছিলেন। কেউ বিস্ময়ে চুপ, কেউ ব্যাথায় চুপ, কেউ আকস্মিকতায় আর কেউ কেউ জানেনই না তাঁরা কেন চুপ তবে কিছু ব্যক্তি এখানে সব জেনে চুপ যাদের একজন যিশু অপরজন সময় আর বাকি কিছু অব্যাক্ত কুঁড়ি যাদের এখনও ফুল হওয়া বাকি।

যিশু যন্ত্রণায় কাতর নন, তিনি এদের ব্যাবহারে রুষ্টও নন। যিনি অপরের ব্যাথায় প্রাণখুলে কেঁদেছেন তাদের সবারই নিজের বেলায় চোখের জল শুকিয়েছে। কিন্তু যিশু এখনও হাসছেন।

সময়কে মানুষের বেশে এখানে কেউ দেখতে পারছেন না, শুধু যিশুই তাঁকে দেখতে পারছেন। বন্ধুকে দেখে যিশুর হাসি আরও স্পষ্ট হল; সময় ছুটে গেলেন ক্রুশের নীচে।
নীচে বসে মাটিতে পড়া প্রভুর রক্তবিন্দু একটিবার স্পর্শ করলেন তারপর তাকালেন যিশুর দিকে, এখন সময়ের চোখ অশ্রুহীন—রক্তিম—ছলছল, যিশুর মুখ রক্তাক্ত, হাস্যরত— কী মারাত্মক সর্বগ্রাসী সেই হাসি।

এবার যিশুর বন্ধু মা মেরীর দিকে তাকালেন, তিনি পাষাণের মতো দাঁড়িয়ে, কিন্তু তিনি নিষ্প্রাণ নন। আর তাঁর চারপাশে দাঁড়িয়ে যিশুর শিষ্যেরা; প্রত্যক আপ্রাণ চঞ্চল এখানে যেন থমকে যাওয়া হিমালয়। সময়

সাক্ষী হলেন সেই ঘটনার যখন ইম্মানুয়েল স্বয়ং নিজেকে জগতবাসীর জন্য রুটিতে রূপান্তরিত করলেন। আমাদের আত্মহত্যা—গ্লানি মোচন করতে একমাত্র অধিনায়ক নিজের রক্ত—মাংসে আমাদের সকলকে এইভাবেই ভোজন—আমন্ত্রন দিলেন।

একবার যিশু তাঁর শিষ্যদের কিছু একটা বললেন,

তারপর তিনি জল চাইলেন।

এক রোমান সৈনিক সস্তা মদে ভেজা কাপড় লাঠির মাথায় করে যিশুর মুখে ধরলেন। এই দৃশ্য দেখে সময় নিজের চোখ বন্ধ করলেন, কারন আর কেউ না জানলেও তিনি জানেন এই রোমান সৈনিক আসলে তারই অবিচ্ছেদ্য এক খণ্ড।

এবার, এখনের মতো, এইভাবেই প্রভু নিস্তব্ধ হলেন। সময় মাথা ঝোঁকালেন, তিনি এই মহাজীবনের শাশ্বত সাক্ষী, যিনি সকলকে জন্মের আগে এবং মৃত্যুর পরে এই গল্প শোনাবেন।

প্রায় সন্ধ্যা হয়ে এসেছে, কোনও এক ব্যাস্ততার দায় সারতে সেখানের প্রধান সৈনিক হুকুম করলেন যিশু জীবিত না মৃত পরীক্ষা করার। এই সৃষ্টিতে বারবার এমনই হয় যারা কখনই জীবন বোঝেনি তারা জীবনকে হত্যা করে প্রাণের বিচার করে। সময় পিছন ফিরলেন, কোনও এক সৈনিক বল্লভ দিয়ে যিশুর বুকে আঘাত করল।

যিশু মৃত।

সময় আর সেখানে থাকবেন না, তিনি বেরিয়ে পড়বেন। যেতে যেতে সময় শুনলেন, সময়েরই কোনও এক খণ্ডরূপে একটি সৈনিক বলে উঠল, সত্যিই যিশু একজন ভালো মানুষ ছিলেন। যিশুর ভিনদেশী বন্ধু অত্যন্ত মৃদু হেসে সেই আঁতুরঘর বেরিয়ে থেকে গেলেন, যে আঁতুড়ঘরে যিশু

ঈশ্বরের জন্য পিতৃত্ব প্রসব করে ব্রহ্মাণ্ডকে আপন রক্তে স্তন্যপান করালেন।

এখন পুত্র স্বয়ং পরমপিতা এবং তৎসহ জগন্মাতা; এক্ষণে একই দেহে তিনিই তিন হলেন।

শনিবার সকাল

সকাল হয়েছে, সময় মোষের পিঠে আপন কর্মক্ষেত্রের দিকে এগিয়ে চলেছেন। কিছুক্ষণ পর তিনি পেছনে কারও একটা আসার আওয়াজ পেলেন। কিন্তু পেছনে না ফিরে আপন ছন্দে এগিয়ে যেতে থাকলেন। তিনি পেছনে ফিরলেন না কারণ তিনি জানেন পেছনে কে আসছেন। আগন্তুকের আগমনী শব্দ ক্রমেই স্পষ্ট থেকে স্পষ্টতর হতে থাকল এবং স্পষ্টতার অন্তিম বিন্দুতে এসে একটি অত্যন্ত চেনা কণ্ঠস্বর তাঁকে ডেকে উঠলেন, "বন্ধু।"

সামনের দিকে চোখ রেখেই সময় মৃদু হাসলেন আর বললেন, বলো বন্ধু।

যিশু বললেন,
বললে শুরু থেকে শেষ পর্যন্ত থাকবে,
আর মাঝখানে এসে মাঝখানেই চলে যাচ্ছ?

সময় হেসে বললেন,
সেই মুহূর্তে প্রয়োজন ছিল হয়তো তাই বলেছিলাম, এখন যাওয়া প্রয়োজন হয়েছে– তাই যাচ্ছি।

যিশু বললেন,
আমায় তো আবার ফিরতে হবে, তুমি সঙ্গে যাবে না?

সময় বললেন,
আমাকেও তো যেতে হবে,
আমাকেও তো এগিয়ে চলতে হবে; চলার জন্য।

যিশু বললেন,

এগিয়ে চলো, বন্ধু, আমাকে বারবার খুঁজতে তোমাকেও এগোতেই হবে।

সময় বললেন,
সৃষ্টিকে মৃত্যুর কোলে ঘুম পাড়িয়ে আবারও আঁতুর ঘরে কাঁদাতে আমাকে এগোতেই হবে।

যিশু বললেন,
আগামীকালের ঘটনা জানো?

সময় বললেন,
যারা তোমায় জেনেছে তাদের জন্য তোমার জেগে ওঠা নিরর্থক; আর যারা জানেনি তাদের জন্যও। তবে নিরর্থক ভাবেই, করুণা—দায়ে তোমাকেও উঠতে হবে।

যিশু বললেন, বিদায় বন্ধু।

সময় ঘাড় না ঘুরিয়েই প্রত্যুত্তর দিলেন, বিদায়।

যিশু একটি গাধার পিঠে চড়ে এসেছিলেন, সেই গাধাটির পদশব্দ হঠাৎ থেমে গেল এবং তারপর ম্লান হতে হতে মিলিয়ে গেল। এমন ভাবে কিছুটা দূর এগিয়ে যাওয়ার পর সময় থামলেন।

তিনি তাঁর মোষের পিঠ থেকে নেমে দাঁড়ালেন। এতক্ষণে একটি বারও তিনি বন্ধুর দিকে তাকাননি, কিন্তু তিনি জানেন না কেন তিনি অমন করলেন। মনে মনে ভাবলেন হয়তো তাঁর না তাকানো সৃষ্টির মতোই অকারণ।

রাস্তার পাশেই একটা ফুল গাছ ছিল, তবে সেই গাছটি কোনও মানবিকভাবে সভ্যতা প্রাপ্ত গাছ ছিল না। গাছটি অনেকটা ঝোঁপের মতো।

তাতে লাল লাল ফুল ধরেছে। সেই গাছের নিচে কতগুলো তাজা ফুল মাটিতে পড়ে আছে। মাটিতে পড়ে থাকা ফুলগুলো দেখে মনে হচ্ছে কিছুক্ষণ আগেই হয়তো কেউ এই গাছের সঙ্গে ধস্তাধস্তি করেছে। সময় ঝুঁকে পড়ে সেই সমস্ত পড়ে থাকা ফুল কুড়োতে শুরু করলেন, ফুল কুড়োতে গিয়ে যিশুর বন্ধু দেখলেন একটি মৃত প্রজাপতিকে পিঁপড়েরা কাঁধে তুলে নিয়ে যাচ্ছে। সময় ভেজা চোখে মৃদু হাসলেন আর কিছু ফুল কুড়িয়ে পেছনের দিকে হাঁটতে শুরু করলেন। কিছু পথ চলতেই তিনি সেখানে হাজির হলেন যেখানে যিশুর গাধা পেছন ঘুরেছিল।

যিশুর বন্ধু ধুলোর মধ্যেই হঠাৎ বসে পড়লেন আর কুড়িয়ে আনা ফুলগুলো সেখানে একে একে সাজিয়ে দিলেন। তাঁর ভেজা চোখ ছাড়া আর কেউ এই ঘটনার সাক্ষী ছিল না। তিনি সেই মাটিতে একবার মাথা ছোঁয়ালেন, দাঁড়িয়ে দূরে দৃষ্টি নিক্ষেপ করে আর এক বারের জন্য কিছু দেখার চেষ্টা করলেন। তারপর আবার ফিরে আসলেন মোষের কাছে। মোষের পিঠে উঠলেন, তাঁর মোষ আবারও এগিয়ে চলল। সময় এগিয়ে চললেন। যিশুর বন্ধু এগিয়ে চললেন। সৃষ্টিকে মৃত্যুর কোলে ঘুম পাড়িয়ে তাকে আবার আঁতুর ঘরে কাঁদাতে অথবা বারবার যিশুকে রূপ রূপান্তরের ভিতর খুঁজে পেতে— এগিয়ে চললেন।

www.ingramcontent.com/pod-product-compliance
Lightning Source LLC
LaVergne TN
LVHW091100150826
845673LV00002B/665

* 9 7 9 8 8 9 7 2 4 0 4 9 4 *